LE ROI BRUTAL

ELIZA RAINE

À tous ceux qui ont le sentiment de ne pas être à leur place.
Votre tribu existe quelque part...

ALMI

L'eau glaciale m'engloutit avant même que je ne pense à avaler de la racine d'eau. Pour être honnête, je n'avais pensé à *rien* avant de sauter sur le dos du pégase et de plonger à la suite de Poséidon qui coulait.

Bleu battit des ailes de part et d'autre de moi, et nous filâmes à travers l'eau plus vite que je n'aurais jamais pu le faire toute seule. Mais la statue de Poséidon coulait plus vite encore.

J'agrippai la crinière de Bleu, envahie par la panique et la peur, et sans aucune idée de ce que j'allais bien pouvoir faire, même si je parvenais à l'atteindre avant de manquer d'air.

Bleu dut sentir mes pensées, parce qu'il se propulsa soudain en avant, nous emportant plus loin dans les profondeurs à l'obscurité grandissante. L'armure de Poséidon brillait dans la lumière maintenant crépusculaire, et un éclair d'espoir me fit bander mes muscles lorsque je réalisai que nous avancions maintenant plus vite que lui. À peine dix secondes plus tard, le pégase l'avait rattrapé, ses ailes dorées filant à travers les courants océaniques quand il plongea par-dessous le dieu qui coulait. Je remuai sur le dos de Bleu et me cramponnai alors que le corps lourd de Poséidon atterrissait durement sur les épaules du cheval ailé. Il commença à glisser et j'enroulai un bras autour de lui, tout en essayant de serrer Bleu plus fort entre mes cuisses.

Le pégase battit des jambes pour remonter, sa charge maintenant beaucoup plus lourde et son rythme d'autant plus lent. Je fis de mon mieux pour ne pas remarquer la brûlure dans mes poumons, ou la sensation glacée de la poitrine de Poséidon sous ma poigne instable.

Que diable s'était-il passé ? La magie du guérisseur s'était-elle dissipée ? Le fait de tuer cette folle créature l'avait-il suffisamment affaibli pour que la pierre prenne le dessus ?

Et qu'est-ce que je ferais de lui une fois à la surface ?

Si nous arrivions à la surface.

Les ailes de Bleu battaient encore plus fort maintenant qu'il luttait, et l'effort qu'il me fallait pour maintenir la statue de Poséidon sur le dos du pégase et me cramponner en même temps était épuisant. J'allais bientôt manquer d'air, je le savais.

Une voix résonna dans mon esprit, tendue et urgente. *Ramène-le simplement à la ligne d'arrivée. On ne peut pas intervenir tant que l'Épreuve n'est pas terminée, mais on peut vous aider dès votre retour.*

Perséphone ?

Est-ce qu'elle et les autres dieux avaient vu ce qui s'était passé ? Pouvaient-ils nous voir maintenant ?

Pressant le pégase d'aller plus vite, je tendis le cou pour lever les yeux. De la lumière brillait au-dessus de la surface de l'eau, et l'air béni était tout proche, maintenant. Mes lèvres se séparèrent, et je les refermai de nouveau.

Allez, allez, allez, s'il vous plait. S'il vous plaît, faites que je retienne mon souffle un peu plus longtemps.

Ce n'était pas seulement ma vie qui dépendait de ma capacité à survivre. C'était aussi celles de Lily et de Poséidon.

Un minuscule filet de bulles vrilla à travers l'eau dans ma direction, grossissant à mesure qu'il se rapprochait, et je me tendis. Poséidon glissa de ma prise, et je fus obligée de lâcher la crinière de Bleu pour le rattraper, le serrant plus fort entre mon corps et le cou du pégase. Ce mouvement me prit trop d'énergie, et mes poumons me brûlèrent comme s'ils étaient pleins d'acide. Ma bouche s'ouvrit, et mes narines se remplirent d'eau quand mon instinct m'obligea à essayer d'aspirer de l'air.

Le ruban de bulles se précipita vers moi, tourbillonnant autour de ma tête et déferlant dans ma bouche. L'air frais me remplit la gorge et les poumons, et je hoquetai. Le soulagement me heurta de plein fouet alors que les bulles continuaient de siffler, dégageant les cheveux devant mes yeux qui piquaient, et éclaircissant ma vision tout en livrant de l'air béni à mon corps.

Je ne savais pas du tout d'où venait l'air, mais j'envoyai une prière de remerciement à celui ou celle qui avait entendu ma demande, tout en aspirant goulument.

Les bulles se précipitèrent autour de ma tête, si vite qu'elles fusionnèrent, créant une bulle claire tout autour de mon visage, comme si je portais un casque d'air. J'ajustai ma prise sur Bleu, lui frottant l'épaule pour l'encourager, et j'entendis un léger hennissement dans l'eau. J'essayai de parler, mes pensées singulières, l'épuisement et le désespoir faisant pulser de l'adrénaline dans mon corps.

— Tu t'en sors à merveille, Bleu. Tu lui sauves la vie.

Ma voix jaillit distinctement. Je clignai des yeux d'incrédulité quand le pégase hennit plus fort, et je fus certaine qu'il se déplaçait un peu plus vite.

Quelques secondes plus tard, ma tête perça la surface. Les bulles disparurent, et je me tordis dans ma position inconfortable pour voir le Vent-Travers juste à côté de nous.

Finis la course, me dis-je avec urgence.

Il fallait que je termine la course.

Bleu continuait à battre des ailes, et cela me fit mal de voir à quel point il était fatigué.

— Tu peux nous conduire au navire ?

Il poussa un petit hennissement d'épuisement, puis il nous souleva de la mer.

Je réprimai un cri lorsque le corps de pierre de Poséidon recommença à glisser, mais Bleu bougea vite et, quelques secondes plus tard, nous nous retrouvâmes à côté du transporteur qui montait et descendait jusqu'au pont. Me précipitant, je fis basculer la statue de Poséidon dans la caisse et grimpai à sa suite. Libéré de son lourd fardeau, Bleu secoua ses ailes, battant l'air avec ses jambes.

— Merci, soufflai-je. Rendez-vous sur le pont.

Je souhaitai que la boîte s'élève, incapable de refermer le portillon avec Poséidon étendu là, les membres immobiles. Je contemplai l'expression gravée sur son beau visage alors que je m'effondrais contre les planches, pantelante.

La tristesse. Son expression était celle d'une tristesse presque insupportable.

Pourquoi, au nom de tous les dieux, l'avais-je suivi ?

À quoi diable avais-je pensé ?

Je ne l'avais pas fait, réalisai-je. J'avais abandonné toute pensée rationnelle, et un instinct aussi profond que mon âme m'avait jetée à la mer.

M'avait-il forcée à le faire, avant de se changer en pierre ? M'avait-il forcée à le sauver par magie ? J'étais la seule qui aurait pu l'aider, car seuls les concurrents pouvaient participer à l'Épreuve.

La boîte claqua à l'arrivée, et je me traînai sur mes pieds aussi vite que possible, tirant avec moi sur le pont le corps de pierre incroyablement lourd de Poséidon. Ses bottes de pierre laissèrent des éraflures sur les planches.

— Je suis désolée, navire, lui dis-je avant de lâcher la statue et de courir jusqu'au gouvernail. Amène-moi à la ligne d'arrivée, s'il te plaît.

Bleu atterrit sur le pont alors que Kryvo couinait et que le navire faisait une embardée vers l'avant.

— Almi ! Almi, je croyais que tu étais morte ! Tu ne peux pas mourir, tu es ma seule amie !

— Je ne suis pas morte, lui assurai-je en repoussant mes cheveux mouillés de ma figure et en respirant avec gratitude l'air de l'océan par de longues inspirations.

— Et Poséidon ?

Je jetai un coup d'œil par-dessus mon épaule au solide corps de granit.

— Non. Pas encore.

ALMI

À la seconde où le Vent-Travers franchit la ligne d'arrivée scintillante, il y eut un éclair de lumière blanche, et Hadès et Perséphone apparurent sur le pont à côté de moi. Perséphone fut aux côtés de Poséidon en un instant, des vignes jaillissant de ses paumes et s'enroulant autour de ses membres avant même qu'elle n'arrive à son chevet.

— Que lui est-il arrivé ? demanda Hadès en se tournant vers moi.

Je fus prise d'une envie irrésistible de m'incliner devant le dieu des morts, et ses yeux argentés tourbillonnèrent alors que son regard plongeait dans le mien.

Avant que je puisse répondre, la voix d'Atlas retentit dans le ciel, pleine de joie.

— Il semble que nous ayons déjà subi une perte lors des Épreuves de Poséidon !

Le visage de Hadès se tordit en un grognement, et des vrilles de fumée s'échappèrent de son corps, masquant ses vêtements noirs.

— Hadès, je ne peux pas le réveiller, mais il est vivant, là-dedans.

Nous nous tournâmes tous les deux à la voix de Perséphone.

D'une manière ou d'une autre, je savais déjà qu'il était encore en vie, mais je ressentis quand même du soulagement quand on me confirma mon instinct.

Hadès se retourna vers moi.

— Qu'est-ce qui s'est passé ? répéta-t-il.

— Je ne sais pas. Je veux dire, je sais qu'il luttait contre un fléau qui transforme les gens en pierre.

Cela ne servait plus à rien de le leur cacher.

— Mais je ne sais pas pourquoi c'est arrivé maintenant. Vous regardiez ?

Hadès hocha lentement la tête, nous observant tour à tour, moi et le dieu en pierre.

— Oui. Tout est diffusé dans les cassolettes à flamme.

Les cassolettes à flamme étaient l'équivalent olympien des téléviseurs. La plupart des ménages avaient de grands bols en fer avec des braises brûlantes, autour desquels se rassembler et regarder tout ce que les dieux voulaient montrer au monde.

— Pourquoi est-ce qu'il affrontait ce monstre ?

— Atlas, grogna Hadès. Cette créature attendait Poséidon. Il a laissé Kalypso et Céto franchir la ligne d'arrivée sans même faire surface. Dès que Poséidon est arrivé, il a surgi pour les entraîner par le fond, lui et son navire. Polybotès a traversé juste avant que tu n'atteignes la ligne d'arrivée, et la bête ne s'est pas du tout intéressée à lui. Seulement à mon frère.

— Il faut qu'on trouve quelqu'un qui puisse l'aider, déclara Perséphone en se levant de l'endroit où elle était accroupie, au chevet de Poséidon.

— Il a dit qu'un guérisseur l'avait aidé à garder la pierre à distance, mais n'avait pas pu le guérir.

— Quel guérisseur ?

Je répondit en fronçant les sourcils :

— Il ne l'a pas dit, mais Galatée est la seule autre personne qui était au courant.

— Alors nous lui demanderons. Es-tu prête à y aller ?

Hadès me regarda, et j'étais si peu habituée à ce qu'on me demande si j'étais prête à quoi que ce soit, que je me contentai de cligner des yeux.

Perséphone parla d'une voix douce.

— Je peux comprendre que tu sois sous le choc, Almi. Mais on doit partir maintenant.

Je secouai la tête.

— Attendez !

Je me retournai vers le gouvernail. Kryvo prit une couleur rouge juste assez longtemps pour que je puisse voir où il se cachait.

— Merci, navire, dis-je à haute voix, essayant de dissimuler le fait que je soulevais la petite étoile de mer dans ma paume. Bon. Je suis prête.

Nous nous téléportâmes dans un flash de lumière dans la cour du palais, où Galatée et une douzaine d'employés et de gardes se tenaient devant une énorme cassolette à flamme, une image de la ligne d'arrivée et des quatre navires survivants planant dans les flammes orange.

— Sire.

Elle se précipita, un masque d'horreur sur la figure.

— Galatée, comment s'appelait le guérisseur qui l'a aidé ?

Elle se tourna vers moi, et au lieu de colère ou de méfiance, je fus choquée de voir une expression de pure gratitude.

— Tu l'as sauvée. Il serait au fond de l'océan en ce moment même, sans toi.

— Je, euh..., dis-je en passant maladroitement une main dans mes cheveux emmêlés. Bleu aussi a aidé, dis-je.

Elle tendit la main, serrant la mienne.

— Merci.

Hadès soupira.

— Le guérisseur, ordonna-t-il. Tout de suite.

Galatée se tourna vers lui, le visage rouge et la tête baissée.

— Bien sûr, ô puissant.

Merde, aurais-je dû l'appeler ainsi ? Je jetai un coup d'œil à Perséphone, et elle m'adressa un petit sourire rassurant.

— C'était un dragon, du royaume des Poissons. Elle n'accepte pas n'importe quel visiteur.

Un dragon ? Je restai bouche bée devant Galatée.

Hadès hocha la tête.

— Érimítis ?

— Oui, confirma Galatée. Elle ne recevra qu'un homme aussi fort que vous ou vos frères.

— D'accord. Je lui conduirai moi-même Poséidon.

Hadès se tourna vers Perséphone, l'embrassant avec une intensité que je ne pensais pas possible pour une si brève étreinte.

— Je te verrai dès que je le pourrai, mon amour.

— Garde-toi bien, dit-elle en touchant sa joue.

Il y eut un éclair, et les deux frères disparurent.

Perséphone me regarda alors que je battais des paupières, hébétée.

— Tu sembles avoir besoin de t'asseoir, dit-elle. Et peut-être d'une boisson forte.

Quand je la regardais, elle générait en moi une sensation de chaleur si peu familière que j'étais tentée de m'en méfier. Mais c'était une guérisseuse, et elle semblait n'éprouver aucune animosité envers moi. Peut-être qu'elle était juste… gentille.

Je ressentis un éclair d'envie d'invoquer l'image de Lily, d'être seule avec elle pour pouvoir discuter de tout ce qui venait de se passer. Mais alors, il aurait fallu que j'affronte tout un tas de questions. *Par exemple, pourquoi diable j'avais risqué ma vie et la sienne pour sauver celle de Poséidon ?*

— Un verre, c'est une bonne idée.

Remettre ces questions à un peu plus tard, ça me convenait parfaitement.

— S'il y a des beignets, encore mieux.

— Si tu veux des beignets, je peux en trouver, déclara Galatée qui me regardait toujours comme si j'étais une sorte d'héroïne.

— Sérieusement ? Vous pouvez m'apporter des beignets ?

— Je t'obtiendrai tout ce que tu voudras. Tu as sauvé le roi.

Ces mots roulèrent dans ma tête alors que je les suivais, elle et Perséphone, dans le palais, en soulevant discrètement Kryvo jusqu'à ma clavicule lorsque les femmes eurent le dos tourné.

Tu as sauvé le roi.

Pourquoi ? Pourquoi l'avais-je sauvé ?

Je ne pouvais éviter la foutue question.

Et au fond de moi, je savais que je ne pouvais pas non plus éviter la réponse.

J'aurais pu me dire que Poséidon m'avait sauvé la vie pendant tout le temps que j'avais passé à me débattre dans ce pétrin. Je lui en devais une.

J'aurais pu me dire que je le considérais comme la bonne personne pour régner sur le Verseau, et que les anciens Titans en colère étaient les méchants, et que j'avais l'obligation de soutenir le vrai roi.

J'aurais pu me dire que j'étais la seule qui aurait pu l'aider à ce moment-là, et que je n'étais pas du genre à laisser quelqu'un mourir si je pouvais l'empêcher.

La vérité, cependant ?

Je n'aurais pas pu *ne pas* sauter après lui. Ce n'était pas comme si j'y avais soigneusement réfléchi avant de prendre une décision sensée. Sauter dans l'océan après lui, ç'avait été aussi instinctif que marcher, ou même respirer.

Je connaissais peut-être à peine cet homme, mais j'étais liée à lui d'une manière ou d'une autre. Son tempérament fougueux et son comportement détestable étaient l'antithèse de la légère et éclatante Lily, et il représentait tout ce que je ne voulais pas dans la vie – contrôle, règles et silence maussade.

Pourtant, quand je regardais dans ces yeux orageux, je pouvais sentir la passion qu'il réprimait. Je ne savais pas ce que désirait cette passion. Peut-être ce sentiment de liberté infinie que j'avais senti émaner de lui plus d'une fois, ou ce lien qu'il avait avec les créatures de son royaume ? Mais quoi que ce soit, je savais que le féroce dieu de la mer, si plein de maîtrise, était plus que ce qu'il présentait au monde.

Et si je n'en avais pas été certaine ?

Alors, ce sourire… *Merde, ce sourire.*

J'aurais aimé ne jamais l'avoir vu. Si bref, et pourtant, j'avais besoin de le revoir.

Et je n'avais eu besoin de rien d'autre que ma sœur, toute ma vie.

ALMI

Les émotions et les pensées qui luttaient en moi pour attirer mon attention menaçaient de me bouleverser. Je passai la main sur ma figure.

— Merde, désolée !

J'étais tellement distraite que j'étais rentrée dans Perséphone.

— Ça va ?

Elle me stabilisa tandis que Galatée ouvrait les grandes doubles portes sur notre gauche.

— Bien sûr. Un peu… dépassée, dis-je.

— Je connais ce sentiment.

Perséphone me fit entrer dans la pièce à la suite de Galatée, et un calme étrange m'envahit.

Pas un calme brumeux, comme j'avais ressentis devant le poisson-pêcheur-démon-crétin, mais une impression sereine et relaxante qui me donna envie de me blottir avec un bon livre et de somnoler paisiblement.

— Nous appelons cela le boudoir, déclara Galatée. Je suis sûre que Poséidon ne nous en voudra pas de l'utiliser pendant que tu récupères.

J'associais le mot « boudoir » aux films d'époque victoriens et, d'une certaine manière, je vis le lien. On aurait dit que la pièce occupait la moitié d'une tour, en forme de demi-cercle. Il y avait des murs entre des colonnes qui délimitaient la pièce, mais ils étaient tapissés d'énormes tentures, qui ressemblaient un peu à des tapisseries. Le tissu était le même que celui dont était faite la toge de Poséidon, et même s'il ne bougeait pas, les couleurs de l'océan tourbillonnaient et dansaient sur la surface.

Le sol n'était pas recouvert de dalles en marbre, contrairement à partout ailleurs dans le palais, mais plutôt d'un opulent tapis noir et doux. D'énormes canapés moelleux étaient installés dans la pièce, dans différentes nuances de bleu marine, et des tables d'appoint en palissandre, recouvertes de livres et de bibelots, se dressaient à côté des sièges. De hautes plantes en pot, disposées à intervalles irréguliers le long des murs, conféraient aux lieux une atmosphère légèrement exotique, et j'étais sûre de pouvoir entendre le doux clapotis des vagues.

— C'est charmant, déclara Perséphone en passant ses doigts sur les feuilles d'un bambou de trois mètres de haut, alors qu'elle faisait le tour de la pièce.

— C'est vrai, acquiesçai-je. Très relaxant.

Perséphone me jeta un coup d'œil.

— Contrairement à ton mari.

Je pouffai, et elle sourit, optant de s'asseoir sur un canapé assez grand pour trois personnes. Elle portait un jean et un haut cache-cœur vert, ses longs cheveux blancs attachés en une tresse complexe. Sa moitié inférieure évoquait le monde humain, et sa moitié supérieure l'Olympe. Elle tapota le coussin à côté d'elle, et je pris ma décision.

J'allais lui faire confiance.

— Alors, des beignets, et qu'est-ce que vous voulez

boire ? demanda Galatée alors que je m'installais sur le canapé.

— Je vais prendre du vin rouge, s'il vous plaît, déclara Perséphone. Dionysos s'y connaît, ajouta-t-elle à mon attention.

— Alors, je vais faire comme toi.

Je ne buvais pas vraiment de vin rouge. J'étais plutôt du genre à boire de la bière (si je pouvais me le permettre). Mais qui étais-je pour refuser du vin fait par un dieu ?

— Je reviens tout de suite.

Galatée quitta la pièce à grands pas.

— Tu dois être inquiète, déclara Perséphone.

Je me décalai sur le canapé pour pouvoir voir son visage.

— Bon. Alors voilà. Non. Mais si. Et je ne devrais pas l'être.

Ses jolis sourcils se rejoignirent.

— Je ne te suis pas.

Je poussai un soupir.

— On est deux.

Galatée revint dans la pièce et s'assit dans un fauteuil face à notre canapé.

— Ce dragon, dit-elle. Elle aidera le roi. Elle l'a déjà fait, et elle le fera encore, j'en suis sûre.

Une inquiétude tendue était gravée sur le visage de Galatée.

— Poséidon s'en remettra, dis-je.

— Comment le sais-tu ?

— Parce que... je le sais.

— Votre lien de mariage, déclara Perséphone d'un air entendu. Je sais toujours si Hadès a des problèmes.

— Euh, à propos de ça... Tu sais, je suis techniquement la femme de Poséidon, mais c'était un mariage très rapide, et ensuite, il m'a cachée dans le monde des humains où personne n'aurait pu me retrouver, pendant...

Je jetai un coup d'œil d'excuse à Galatée.

— ... huit ans.

Les lèvres de Perséphone s'entrouvrirent de surprise.

— Qu'est-ce qui t'a fait revenir ?

Galatée s'avança sur son siège, et je réalisai qu'elle avait également envie de connaître la véritable réponse à cette question.

— Ma sœur, dis-je.

C'était la vérité, et je n'avais aucune intention de donner à l'une ou l'autre femme des détails sur la façon dont j'étais revenue, ou mon plan pour trouver l'Atlantide.

— Tu as dit qu'elle était malade ?

— Oui. Il y a huit ans, elle a perdu connaissance. Depuis mon retour, j'ai découvert qu'elle souffrait d'une maladie qui la transformait en pierre.

Perséphone fronça les sourcils.

— Est-elle liée à Poséidon et à sa maladie ?

Je haussai les épaules.

— Je ne sais pas.

Je regardai Galatée, ne sachant pas ce qu'il fallait dire à propos du fléau qui se propageait dans le Verseau.

— Atlas m'a appelée la dernière des Néréides, mais il a tort. Lily est en vie.

— Quel rapport avec la pierre ?

Je soupirai à nouveau. On frappa à la porte, et une nymphe entra avec un plateau chargée de trois verres de vin rouge rubis et d'une énorme assiette de beignets.

Quand nous eûmes bu chacune un verre et que j'eus pratiquement inhalé un délice au caramel salé, je poursuivis :

— L'Oracle de Delphes a dit à Poséidon qu'un truc appelé le cœur de l'océan était le seul moyen de guérir le fléau. Et… La seule façon de posséder le cœur de l'océan, c'est de posséder le cœur d'une Néréide.

Perséphone me contempla pendant un long moment, puis but une grande gorgée de son vin.

Je décidai de faire de même.

— Putain, c'est délicieux, marmonnai-je.

— Alors Poséidon t'a épousée pour ce cœur de l'océan ?

— Ouais. Puis il m'a cachée, pour que personne ne puisse me voler à lui.

— Quel connard, murmura-t-elle.

— Oui ! m'exclamai-je tandis que Galatée faisait un bruit désapprobateur. Mais de toute façon, ça n'a pas marché. Il n'a pas le cœur de l'océan.

Je pris une autre grosse inspiration et me tournai vers Galatée.

— Autant te le dire. Poséidon sait déjà, et… Eh bien, ce sera probablement plus facile si tu le sais.

Elle me regarda avec méfiance.

— Quoi ?

— Je suis cassée.

Je déglutis, puis pris une autre grande gorgée de ce vin délicieux.

— Je n'ai aucun pouvoir. Chez les Néréides, le tatouage en forme de coquille de nautile est censé être coloré, comme celui de ma sœur. Mes cheveux devraient être bleu vif et ma peau brillante comme du nacre.

Je pris une autre gorgée de vin et je réalisai que je n'avais jamais prononcé ces mots à haute voix, auparavant.

— Je devrais être capable de contrôler l'eau, d'avoir envie d'y être, d'avoir une affinité avec l'océan. Ce n'est pas le cas. Je ne peux rien faire avec. Je ne peux même pas retenir ma respiration plus longtemps qu'une humaine.

C'était comme si je laissais échapper plus de deux

décennies de vilain petit secret, et je ne pouvais pas m'arrêter.

— Ma sœur est allée à l'académie et elle était incroyable. Sa magie aquatique rivalisait avec celle d'un dieu. C'est elle que Poséidon était censé épouser pour obtenir son cœur de l'océan.

Je laissai échapper un long soupir.

— Il a épousé la mauvaise sœur.

Galatée cligna des yeux, puis vida son propre verre.

— Tu n'as pas de magie, répéta-t-elle.

— Hum.

— Et tu as survécu à la première Épreuve ?

Ce n'était pas la question à laquelle je m'attendais. Je hochai la tête.

— Ouais. Avec de l'aide. Poséidon m'a parlé quand ce poisson essayait de m'attirer vers lui, et il m'a sauvée de la tempête.

— Almi, le fait que tu aies seulement participé sans magie est insensé !

— Ce n'est pas comme si j'avais tellement eu le choix, marmonnai-je.

— J'admire ta bravoure. À la fois de participer aux Épreuves et aussi de nous dire ça maintenant.

— Ah… Vraiment ?

Je n'avais jamais été admirée, auparavant.

— Oui. Mais maintenant, on a un énorme problème.

— Oui, déclara Perséphone. Si la seule façon de réveiller ta sœur, c'est le cœur de l'océan, et si la seule façon de l'obtenir, c'est que Poséidon l'épouse...

— On peut épouser une personne inconsciente ?

— Non. Je suis presque sûre que ça ne se fait pas.

— Merde.

Galatée se leva et remplit nos verres à vin d'une grande

bouteille qui ne semblait pas plus vide que lorsqu'on l'avait entamée.

— On peut éveiller tes pouvoirs, d'une manière ou d'une autre ? demanda Perséphone avec espoir.

— Je ne peux pas te dire à quel point ça me plairait. Mais je ne saurais pas par où commencer. Lily n'a jamais pu les éveiller.

— Qu'est-ce que c'est, le cœur de l'océan, de toute façon ? La petite vieille ne l'avait pas jeté à la mer, à la fin ?

À l'explosion de chaleur que je ressentis pour la femme assise à côté de moi, je la pris par le bras.

— Tu aurais dû voir la tête de Poséidon quand je lui ai dit la même chose, dis-je.

Perséphone renifla en riant, puis poussa un petit cri quand elle renversa presque son vin. Je ne pus m'empêcher de rire avec elle.

— Qu'est-ce qu'il y a de si drôle ? demanda Galatée.

Entre les fous rires, nous essayâmes d'expliquer le film *Titanic* à Galatée.

— Cela me semble une bien triste manière de passer trois heures, déclara-t-elle.

Je hochai la tête.

— Ouais. Ça vaut vraiment le coup.

Perséphone hocha la tête.

— Pour les romantiques purs et durs, il n'y a pas beaucoup mieux.

— Je n'ai pas le temps pour la romance, déclara Galatée un peu tristement.

Il y eut un éclair de lumière blanche qui nous fit tous sursauter de surprise, puis Hadès se retrouva debout à côté du canapé.

— Poséidon se repose. Il sera complètement rétabli dans quelques heures, déclara-t-il.

— Quand vous dites « complètement rétabli », vous voulez dire...

Hadès secoua la tête, coupant court à ma question avant que je ne la termine.

— Elle n'est pas capable de guérir le fléau. Comme elle l'a fait auparavant, elle peut l'empêcher de lui envahir tout le corps, mais seulement s'il n'utilise pas à nouveau autant de pouvoir.

— Comment est-il censé gagner les Épreuves sans utiliser son pouvoir ? demanda Galatée, une nouvelle expression d'inquiétude sur son visage sévère.

— Une très bonne question. Et je n'ai pas la réponse.

— Quand aura lieu la prochaine Épreuve ? demanda Perséphone.

Hadès fronça les sourcils.

— S'il sait que Poséidon est blessé, alors Atlas la lancera bientôt, il aura donc moins de temps pour récupérer.

La nervosité me palpita dans le ventre et j'attrapai un autre beignet dans un effort pour calmer mon estomac. L'idée d'affronter une autre Épreuve...

— Almi...

Je me tournai vers Hadès qui prononçait mon nom.

— Il a demandé à te voir.

ALMI

*P*oséidon était allongé dans un lit semblable à celui de ma chambre d'ami. En fait, toute la pièce ressemblait beaucoup à celle où je logeais. Mais je ne pris pas beaucoup de temps pour examiner la décoration. Je me concentrai entièrement sur le dieu de l'océan.

Je me surpris à marcher rapidement jusqu'à son chevet, le regard fixé sur son visage. Ses yeux s'ouvrirent à mon approche, et il remua pour s'asseoir. Les draps glissèrent sur sa poitrine complètement nue, et je m'arrêtai, soudain gênée.

— Salut, dis-je en levant la main, puis me sentant vraiment stupide.

— Tu m'as sauvé la vie.

Son visage sérieux brûlait d'un contrôle rigide.

— Ouais, j'imagine. Je n'y serais pas arrivée sans Bleu.

— Pourquoi ?

Je ne pus retenir un petit rire devant l'ironie de sa question.

— Maintenant, tu sais ce que je ressens, dis-je.

Ses yeux bleus féroces s'adoucirent.

— Je suis sérieux. Je pensais qu'il n'y avait rien de plus important que ta sœur. Si tu étais morte en essayant de me sauver, tu n'aurais pas pu la sauver non plus.

Une vague de peur me traversa tout le corps à la vérité de ses paroles.

— Tu m'as sauvé un tas de fois, dis-je doucement. Je n'ai fait que te rendre la pareille.

L'énergie semblait vibrer dans la pièce, et je ne pus m'empêcher de m'imprégner du teint riche et bronzé de sa peau, savourant l'absence de granit. La dernière fois que je l'avais vu...

— Je savais que tu n'étais pas mort, éructai-je. Je ne sais pas comment, mais je savais que tu étais vivant sous la pierre.

— Je n'étais pas conscient, répondit-il, ses lèvres bougeant à peine.

— Comment sais-tu que je t'ai sauvé, alors ?

— Hadès me l'a dit. Almi, tu es liée à ce fléau d'une manière ou d'une autre.

— Je n'en sais rien, mais je sais...

Je me mordis la lèvre, essayant de trouver la meilleure manière d'exprimer ce que je pensais.

— Je sais que je suis liée à *toi* d'une manière ou d'une autre, et toi à moi. Sinon, pourquoi aurais-tu accepté de modifier les Épreuves pour me sauver la vie ? Et pourquoi mettre en jeu ta victoire dans la première Épreuve pour me sauver de la tempête ? C'est pour la même raison que j'ai plongé après toi, n'est-ce pas ?

Il prit une lente inspiration, sa poitrine se dilatant. Je gardai mes yeux rivés dans les siens.

— Nous avons un lien, oui.

— Quel genre de lien ?

Il fronça les sourcils.

— Je sais que c'était il y a bientôt dix ans, mais je

suppose que tu n'as pas oublié que nous nous sommes mariés devant Héra ?

Je lui décochai ma plus belle grimace.

— Ouais, nous les femmes, on oublie souvent le jour de notre mariage, répondis-je d'un ton sarcastique, en mettant ma main sur ma hanche. Tu es en train de dire que le mariage est ce qui nous pousse à vouloir nous sauver l'un l'autre ?

J'insistai sur le mot « sauver », en espérant qu'il n'était pas trop évident qu'en ce qui me concernait, on aurait pu facilement le remplacer par un certain nombre d'autres. Surtout quand Poséidon était torse nu.

— Oui.

L'émotion vacilla dans ses yeux, trop vite pour que je puisse la déchiffrer.

J'étais fatiguée, réalisai-je, émotionnellement et physiquement, et je décidai de changer de sujet, incapable de réfléchir à la notion de liens conjugaux, et n'ayant pas envie de le faire.

— Puis-je avoir d'autres flacons avant la prochaine Épreuve, s'il te plaît ?

— Oui. Je ne peux pas les conjurer maintenant. Il faut que j'attende que mes forces reviennent.

— Merci, dis-je en me mordillant à nouveau la lèvre.

— Merci à toi, répondit-il d'une voix profonde et sincère.

Je haussai les sourcils.

— Je… euh… t'en prie.

— Pourquoi as-tu une étoile de mer sur l'épaule ?

Je me figeai.

— Je ne sais pas de quoi tu parles.

Il m'adressa un regard, et je soupirai avec résignation.

— C'est mon ami, dis-je en baissant les yeux vers ma poitrine. Kryvo, tu t'es fait choper.

L'étoile de mer resta silencieuse et camouflée, mais je pouvais sentir sa chaleur sur ma peau.

— Je pense qu'il est trop timide pour dire bonjour, dis-je à Poséidon.

— Hadès a dit qu'on t'avait vue parler à quelqu'un pendant toute l'Épreuve. Était-ce l'étoile de mer ?

Je rougis. Il ne m'était pas venu à l'esprit que tout cela avait été diffusé.

— Ouais.

— Est-ce qu'il répond ?

Poséidon parlait comme si j'étais folle, ce qui me porta à croire qu'il ne savait pas que l'étoile de mer venait de son propre palais. Cela signifiait-il qu'il ne savait pas que l'étoile de mer pouvait l'épier à travers les autres statues ?

Réfléchissant rapidement, j'optai pour une réponse partiellement vraie.

— Oui. Mais il ne dit pas grand-chose. C'est une sorte d'étoile de mer de soutien émotionnel.

Poséidon fronça les sourcils.

— Tu es bizarre. Très, très bizarre.

— Il faut être bizarre pour être numéro un, lui souris-je, récitant un de mes mantras préférés.

Il secoua la tête, mais je fus certaine que le coin de sa bouche se recourba un tout petit peu.

— Je pense qu'il y a peu de chances que l'un de nous deux soit numéro un maintenant. Je suis incapable d'utiliser toute ma puissance, à cause de ce maudit fléau et de la perte de mon trident. Il nous faut monter un nouveau plan pour gagner ces Épreuves.

— Je ne suis pas là pour gagner, dis-je en secouant la tête.

Il me regarda un long moment avant de parler, et je me concentrai pour ne pas mater ses mamelons.

— Alors peut-être qu'on pourrait essayer quelque chose de différent pour la prochaine Épreuve.

— Qu'avais-tu en tête ?

— Si tu restes là où je peux te voir, je n'aurai pas à me soucier de te sauver la vie tout le temps.

J'ouvris la bouche pour me défendre, mais la refermai. C'était inutile. J'étais tellement dépassée par la situation que c'en était risible.

— Tu proposes qu'on travaille ensemble ?

Il acquiesça.

— Sous réserve que tu n'es pas là pour voler mon trident et mon royaume.

Une lueur dure brilla dans ses yeux, accompagnée du dangereux fracas des vagues.

Je pouffai.

— Putain, non. Je veux juste réveiller ma sœur.

— Alors on attaquera ensemble la prochaine Épreuve. J'espère perdre moins de terrain, maintenant que je n'aurai pas à te surveiller.

Je croisai les bras sur ma poitrine, incapable de supporter sa condescendance.

— Peut-être que c'est moi qui te sauverai la vie, la prochaine fois.

Comme si c'était possible. Mais je l'avais fait une fois, et je comptais bien utiliser cette carte à mon avantage aussi longtemps que possible.

Il haussa un de ses sourcils et croisa les bras à son tour, ce qui fit gonfler ses pectoraux.

— Reste à l'écart des ennuis, ne me ralentis pas, et nous pourrions avoir une chance que tu survives, et que je gagne, grogna-t-il.

POSÉIDON

*J*e regardai Almi partir, ma mâchoire tremblante lorsqu'elle me lança un petit coup d'œil par-dessus son épaule.

— Putain, grognai-je une fois qu'elle eut refermé la porte derrière elle.

Elle se rapprochait trop de la vérité. De la vraie raison pour laquelle j'avais dû la laisser seule dans le monde humain pendant tout ce temps.

Mais je ne pouvais pas vaincre le fléau sans elle.

J'avais besoin d'elle à mes côtés.

ALMI

Ce fut à la fois un soulagement et un fardeau de me retrouver enfin seule dans ma chambre. Je montai sur le lit pour ouvrir la fenêtre dès que j'eus posé Kryvo sur son petit coussin.

M'affalant sur les oreillers, je poussai un long soupir.

J'avais survécu.

Et maintenant, il fallait que je parle à Lily.

Je ne pouvais pas échapper au fait que quelque chose avait changé. Il n'y avait plus seulement elle et moi. Poséidon était lié à moi, et moi à lui.

— Lily ?

Je fermai les yeux et me blottis aussi confortablement que possible dans les oreillers derrière moi.

Almi. Il y avait de la gentillesse dans ce seul mot quand son image apparut dans mon esprit.

— Je suis désolée. J'ai mis ta vie en danger aujourd'hui.

Tu risques ta vie pour moi depuis toujours. Aujourd'hui, tu as fait quelque chose pour toi. J'en suis heureuse.

— Vraiment ? Comment ça, j'ai fait quelque chose pour moi ?

Elle poussa un rire tintinnabulant. Cela me réchauffa l'intérieur et me donna l'impression d'être plus en sécurité. *Tu sais, c'est vrai que tu es bizarre. Tu as affronté certaines des choses les plus terrifiantes de ce royaume aujourd'hui, et tu as été incroyable. Tu as été courageuse, débrouillarde, intelligente... Tu as survécu à une Épreuve destinée aux dieux.*

— J'imagine.

Et voilà que tu ne penses plus qu'à une chose.

— Poséidon, dis-je dans un soupir.

C'est ton mari, dit-elle avec un sourire enjoué aux lèvres.

— Ça ne t'inquiète pas ? Cette drôle d'envie flippante qu'on a tous les deux de veiller l'un sur l'autre ?

Son image dans mon esprit fronça les sourcils. *Tu penses que je suis inquiète que l'un des trois Olympiens les plus puissants du monde se sente obligé de continuer à sauver la vie de ma petite sœur ?*

— Hum. Ouais, quand on le dit comme ça, ça semble pas si mal. Sauf que je l'ai fait aussi. Et puis, il n'est pas si puissant en ce moment. Il est malade. Comme toi.

Son expression s'adoucit. *Il faut que tu lui poses des questions sur l'Atlantide. Ensemble, je pense que vous pouvez faire beaucoup plus.*

Je hochai la tête. Je savais qu'elle avait raison.

— Tu penses que son dragon accepterait de t'examiner ?

Non. Les dragons sont incroyablement rares et incroyablement dangereux. Hadès a dit clairement qu'il fallait faire partie du gratin olympien pour la voir. Et d'ailleurs, elle n'a pas de remède.

Je hochai à nouveau la tête, car je savais déjà que c'était vrai. Ouvrant les yeux, je sortis le petit carnet de croquis.

— Je vais dessiner ces derniers jours, lui dis-je. Au cas où.

Au cas où quoi ?

— Au cas où j'aurais besoin de les revoir.

Bonne idée, dit-elle, le sourire espiègle en retour. *Pense-bien à inclure ce baiser.*

— Lily !

Elle haussa les épaules. *C'est peut-être important.*

C'était important. Je le savais déjà. Tout mon putain de corps le savait.

Nous restâmes toutes les deux silencieuses alors que je griffonnais dans le petit carnet de mauvais croquis au crayon de tout ce qui s'était passé depuis mon retour au Verseau.

Quand j'eus fini, je m'étirai, envahie par la fatigue de la journée.

— Je me demande quel sera la prochaine Épreuve ? réfléchis-je à voix haute en me déshabillant pour me coucher.

La voix couinante de Kryvo répondit :

— Espérons que ce sera quelque chose que tu pourras faire aux côtés de Poséidon.

— Tu l'aimes bien ? demandai-je à l'étoile de mer en m'asseyant devant la commode pour défaire ma tresse serrée.

— Il me fait peur. Mais je pense qu'il représente une bonne alternative au camouflage.

Je lui souris.

— C'est bien résumé. Je ressens la même chose.

Je me regardai dans le miroir pour vérifier si ma tresse était bien défaite, et mon souffle s'arrêta lorsque mes yeux trouvèrent de la couleur.

Pas les mèches violettes dans mes cheveux, mais la couleur *sur ma peau*.

Mon tatouage était bien distinct sur ma poitrine, au-dessus de mon haut, et tout au milieu de la spirale, le coquillage était bleu, la couleur bavant vers le turquoise avant de s'estomper comme une aquarelle.

— Lily ! Lily, ma coquille !

Il y a de la couleur au milieu. Il y avait une tension dans la voix de ma sœur que j'espérais être de l'excitation.

— Oui ! Est-ce que ça signifie que j'ai des pouvoirs magiques ?

Je ne sais pas. Je pense qu'il faut que toute la coquille soit colorée pour que tu aies ton pouvoir.

— Est-ce que quelque chose le réveille ? Le fait d'être au Verseau ?

C'est la raison la plus probable. Ou peut-être que la magie du palais est si forte qu'elle le réveille ? Je ne sais pas.

Je me levai du tabouret de la commode et me précipitai vers la fenêtre. En regardant l'océan, je me forçai à ressentir l'attrait de l'eau, cette sensation de liberté et d'excitation que j'avais sentie sur le pont du navire, avec Poséidon.

Il ne se passa rien. Je voyais juste une masse de bleu, brute de puissance.

— Peut-être que tu as raison. Il faut que ce soit tout rempli de couleur, concédai-je.

J'ai toujours raison, répondit-elle. Je tirai la langue en m'éloignant de la fenêtre, l'excitation vrombissant toujours en moi.

— Tu crois que je peux accélérer le processus ?

Pas sans savoir ce qui en est la cause, dit Lily.

— Bien vu. Kryvo, peux-tu sentir la magie ?

— Non, répondit l'étoile de mer. Poséidon a dit qu'il le pouvait, cependant.

— Il n'a rien dit sur le fait que j'avais une nouvelle magie quand je l'ai vu tout à l'heure.

Mes épaules s'affaissèrent un peu.

— Eh bien, j'espère que ça continuera à se remplir de couleur, et puis...

Et puis quoi ? Je pourrais faire ce que Lily pouvait faire ? Retenir ma respiration pendant des heures, faire bouger l'eau, nager comme si j'étais née de l'océan ?

Dieux que je l'espérais.

Je pensais que mon excitation à propos de mon tatouage me tiendrait peut-être éveillée, mais mes inquiétudes n'étaient pas fondées. L'énergie que j'avais dépensée pendant l'Épreuve l'emporta sur mon cerveau agité, et je dormis comme un bébé.

Quand je me réveillai enfin de la paix du sommeil, toutes les pensées de la veille me submergèrent. Je sautai du lit pour aller me tenir devant le miroir, à fixer la petite touche de couleur au milieu de ma coquille.

— C'est peut-être peu, murmurai-je en faisant courir mes doigts dessus, mais c'est brillant.

Et c'était le cas. La nuance de bleu était profonde et vive, et le lavis turquoise tout aussi éclatant.

— Tu as dormi longtemps, couina Kryvo. Je commençais à m'inquiéter.

— Vraiment ?

— Oui. Il est midi passé depuis longtemps.

— Hum.

Je n'étais pas surprise. Je m'étais énormément dépensée la veille, à la fois physiquement et mentalement.

J'entrai dans ma salle de bain, notant que je me sentais étonnamment bien. Je m'était attendue à avoir des courbatures et des douleurs à force d'être baladée sur le bateau, mais en étirant mes membres sous la douche, je ne me sentis que plus forte.

Je lavai mon gilet dans le grand évier, et une fois qu'il fut sec, j'enfilai d'autres vêtements identiques sortis du placard – un pantalon sombre et une chemise blanche par-dessus. Je ne pouvais pas m'empêcher de regarder le tatouage pendant que je tressais mes cheveux.

— S'il vous plaît, s'il vous plaît, s'il vous plaît, faites que ça signifie que je suis une vraie Néréide.

Si mon pouvoir prenait vie et ma coquille de la couleur, cela signifiait peut-être que Poséidon obtiendrait son cœur de l'océan ? Et puis, nous pourrions guérir Lily.

Une fois prête, je réalisai à quel point j'avais faim. Mes matinées au palais avaient toutes commencé de la même façon : quelqu'un était venu me chercher dans ma chambre, pour me conduire à l'activité stressante de la journée. Mais aujourd'hui, je n'avais aucune idée de ce qui allait se passer.

Posant Kryvo sur ma clavicule, je poussai prudemment la porte de ma chambre.

— Putain de merde !

Poséidon se tenait dans le couloir, juste devant ma chambre. Je m'agrippai à l'encadrement de la porte, ma main sur ma poitrine, essayant de ralentir mon rythme cardiaque effrayé.

— Tu essayes de me faire mourir de trouille ?

— J'étais sur le point de frapper, dit-il d'une voix plate.

Je l'observai. Il portait sa tenue de combat, et il avait l'air de nouveau en bonne santé. Aucun signe de la pierre n'était visible sur son visage.

— Qu'est-ce que tu veux ?

Il désigna le mur derrière lui. Les peintures dorées des vagues avaient disparu, remplacées par des mots.

Rassemblez-vous dans la salle de bal au coucher du soleil pour la deuxième Épreuve.

Je fronçai les sourcils.

— Est-ce que ça vient d'Atlas ?

— Oui.

— Comment peut-il faire apparaitre des choses comme ça à l'intérieur de ton palais ?

Poséidon fronça les sourcils.

— Je ne sais pas. Je crois qu'il s'est peut-être infiltré dans mon palais pendant un certain temps.

— Il m'a parlé, ici. Dans la cour, dis-je.

De la fureur passa sur le visage de Poséidon, l'odeur de l'océan et le bruit des vagues déferlant sur moi avec précipitation.

— Quand ?

— Avant la première Épreuve.

— Qu'a-t-il dit ?

— Pas grand-chose. Il voulait juste m'intimider, je pense, dis-je en haussant les épaules. Ne t'inquiète pas pour ça.

Un grondement lui roula de la poitrine.

— Que je ne m'inquiète pas ? répéta-t-il. Mon plus vieil ennemi, un Titan ancien et tout-puissant, peut se promener dans mon palais personnel et intimider mon...

Il s'interrompit, dardant les yeux vers moi.

— ...mon *invitée*, et tu me dis de ne pas m'en soucier ?

— Une fois que tu l'auras battu aux Épreuves, il partira, dis-je.

Poséidon gronda.

— Je ne fais pas confiance à cette ordure pour me rendre mon trident, même si je gagne.

— Vraiment ? Alors pourquoi concourir ?

— Pour mon peuple, déclara-t-il en se redressant, la mâchoire serrée.

Doux Jésus, c'était un beau spécimen du genre masculin.

— Bien, dis-je en essayant de ne pas montrer mes pensées sur mon visage.

— Et si je gagne équitablement, mes frères olympiens pourront me soutenir.

— Bien sûr. La fraternité olympienne. Reconnue pour son équité.

S'il y avait quelque chose que la plupart des dieux olympiens avaient en commun, ce n'était *pas* la justice. Des gamins mesquins et trop gâtés qui s'ennuyaient, c'était une définition plus proche de la vérité. Les yeux de Poséidon s'assombrirent, mais avant qu'il ne puisse répondre à mon sarcasme, je sortis de ma chambre, fermant la porte derrière moi.

— Où puis-je prendre le petit-déjeuner ?

ALMI

— Tu pourras manger bientôt. D'abord, je veux te montrer quelque chose.

Il tendit la main, et je la saisis sans poser de question. La dernière fois que j'avais pris sa main, il m'avait emmenée aux écuries des pégases, et à Bleu. Si ce qu'il me montrait cette fois était à moitié aussi bien, je voulais venir.

À ma grande surprise, il nous fit apparaitre sur le pont d'un navire.

Je regardai autour de moi le plancher brillant, les voiles étincelantes et l'impressionnante roue ornée d'or.

— C'est un Typhon, dis-je en tournant lentement sur moi-même.

— Je suis impressionné, déclara Poséidon. Tu as étudié.

— J'ai une bonne mémoire, murmurai-je en regardant autour de moi tandis que mon cœur faisait un bond dans ma poitrine. C'est ton vaisseau ?

Le putain de vaisseau pour lequel j'étais venue au départ ?

Poséidon me regarda un moment, puis haussa les épaules.

— Un navire parmi d'autres. Mais pour nous, c'est un plan d'évasion.

— Un plan d'évasion ?

— Atlas est imprévisible, et il me déteste. Si quelque chose devait arriver, je veux que tu ailles chercher ce vaisseau. Il sera ici, au-dessus du palais, à tout moment, et tu pourras y accéder en chevauchant Bleu.

Je fixai Poséidon du regard, ma bouche s'ouvrant et se fermant comme celle d'un poisson rouge, alors que j'essayais de choisir une question.

— Qu'est-ce qui pourrait arriver ? fut la première qui sortit de mes lèvres.

— Ma mort.

— Tu es un dieu immortel ! Comment diable pourrais-tu mourir ?

— Les Titans régnaient sur l'Olympe bien avant nous. Et les Olympiens ont gagné la guerre uniquement parce que quelques Titans ont fait défection et nous ont rejoints contre leur peuple.

La peur s'écrasa dans mon estomac, et je me sentis un peu malade.

— Il n'a pas l'air aussi dangereux que toi, dis-je.

Le torse de Poséidon se dilata un peu, presque avec orgueil, puis son visage devint encore plus sérieux.

— Ne le sous-estime pas. S'il m'arrive quelque chose, tu viens sur ce vaisseau avec Bleu.

— Et ensuite ?

— Ensuite, le navire t'emmènera dans un endroit sûr.

— Tu peux le contrôler si tu es...

Je ne voulais pas dire « mort ». Mon esprit se révoltait à l'idée de la mort de Poséidon plus qu'il ne célébrait le fait que j'avais peut-être trouvé le vaisseau qui pourrait aider Lily.

— Elle saura quoi faire, dit-il en touchant le bois du bastingage d'une manière presque intime.

Je sus alors que c'était son propre navire, pas seulement une partie d'une flotte ou quelque chose comme ça.

— Comment s'appelle-t-elle ?

Il me regarda dans les yeux un long moment, et j'essayai de ne pas me tortiller.

— *Okeánios ánemos.*

Mon pouls s'accéléra. C'était *son* vaisseau. Le seul vaisseau capable de se déplacer aussi bien sous l'eau que dans le ciel.

— Elle est ravissante, dis-je.

Il soutint mon regard encore un moment, de la sauvagerie brûlant derrière cette permanente maîtrise stoïque.

— Il y de la couleur dans ta coquille, dit-il.

J'oubliai complètement le vaisseau et baissai les yeux vers ma poitrine.

— Oui ! Tu peux sentir si j'ai de la magie aquatique ?

Il secoua la tête.

— Je ne sens aucun pouvoir venant de toi.

Il leva les mains, les fit claquer l'une contre l'autre, puis les sépara pour révéler deux flacons comme ceux qu'il m'avait déjà donnés. Je les lui pris, et alors que mes doigts effleuraient sa paume, ce sentiment enivrant de liberté m'envahit. *Mes cheveux fouettant autour de moi alors que je filais à toute allure, pas de contraintes, pas de règles, des possibilités infinies...*

Ce n'était pas tant une image qu'un sentiment, et cela ne ressemblait en rien à ce que j'avais jamais ressenti avant de venir au palais.

Toute ma vie d'adulte avait tourné autour d'un objectif singulier et dévorant : Lily. La possibilité de ne pas avoir à me soucier de sa vie tout le temps, de pouvoir simplement vivre libre...

C'était ce que je voulais. C'était tellement ce que je voulais.

Je réalisai que Poséidon s'était raidi, et que j'avais toujours ma main dans la sienne, mes doigts agrippant les flacons dans sa paume.

— Oh, désolée, bégayai-je en retirant vivement la main.

Avait-il aussi ressenti quelque chose ?

Je me risquai à le regarder dans les yeux. Les vagues aux pointes écumantes s'écrasaient dans ses iris perçants, et sa mâchoire était crispée. Son autre main jaillit alors que je retirais la mienne, et il agrippa mon épaule, baissa la tête et m'attira vers lui. De la chaleur me parcourut le corps, faisant rougir mes joues, et un désir qui ne m'était absolument pas familier martela sous mon torse, s'accumulant entre mes jambes.

L'odeur de l'océan me submergea alors que je levais mon autre main, incapable de m'empêcher de toucher son beau visage dur. Sa peau était douce et chaude quand je passai les doigts le long de sa mâchoire, et je sentis tout son corps durcir.

— Poséidon, chuchotai-je alors qu'il baissait davantage la tête, son souffle chaud caressant mes lèvres, sa bouche touchant presque la mienne.

Il se figea.

Pendant une fraction de seconde, tout ce que je pus entendre fut le bruit de mon propre cœur essayant de jaillir de ma cage thoracique, puis tout devint blanc.

Je me retrouvai devant la porte de ma chambre, et Poséidon recula dans le couloir, relâchant son étreinte autour de moi.

— La salle de bal, dans quelques heures, aboya-t-il.

J'eus à peine un aperçu de la sauvagerie dans ses yeux avant qu'il ne disparaisse.

— Je ne veux pas être sur toi quand vous faites ça, toi et lui.

La petite voix de Kryvo transperça mon silence stupéfait.

— Faire quoi ? chuchotai-je. Et puis, c'était quoi, ça ?

Le premier baiser, j'aurais pu le mettre sur le compte de l'adrénaline, ou de la surexcitation. Mais ça ? C'était sorti de nulle part.

Non. Pas de nulle part. S'il avait ressenti ne serait-ce qu'une fraction de ce même sentiment de béatitude lorsque nos peau s'étaient touchées, alors il aurait facilement pu traduire cela en désir pour moi.

Était-ce ce que j'avais fait ? Confondu mon envie désespérée de vivre sans souci avec du désir ? Peut-être que je mélangeais les deux émotions.

Peut-être *qu'il* les mélangeait.

Je pris une profonde inspiration.

— Les liens de mariage, quelle connerie, dis-je.

— On dirait que ça te plait.

Je fronçai les sourcils, incapable de répondre. Est-ce que ça me plaisait ?

Putain, oui.

En avais-je besoin ou est-ce que je les comprenais ?

Putain, non.

J'étais montée sur le bateau. Plus que cela, Poséidon m'avait dit comment y accéder. Il aurait pu tout aussi bien me donner une putain de clé. Bleu pouvait m'y emmener directement.

Je pouvais aller aux écuries, monter sur le dos du pégase et voler dans la seconde le bateau que j'étais venue chercher.

Sauf que… je ne pouvais pas.

Atlas m'avait soulevée devant toute l'Olympe, et j'étais

aussi liée à ces saloperies d'Épreuves qu'à ce connard de roi des émotions envahissantes, Poséidon.

Mon ridicule *mari* avait abandonné son foutu trident et son royaume pour me sauver. Je ne pouvais pas prendre mes jambes à mon cou, si ?

— Ohhhh, quel putain de bordel, dis-je en m'affaissant contre la porte derrière moi.

— Qu'est-ce qui ne va pas ? couina Kryvo.

Je ne lui avais pas parlé de mon projet de trouver le vaisseau, puis l'Atlantide et la légendaire fontaine de guérison. Surtout parce que je l'avais soupçonné d'être un espion. Mais ce soupçon s'était évanoui il y quelque temps, réalisai-je.

— Allons chercher de la nourriture, et je te raconterai tout, dis-je.

ALMI

Je suivis les indications de l'étoile de mer jusqu'à une salle à faire pâlir toutes les autres cantines que j'avais jamais vues, franchement.

C'était un espace qui ressemblait à une cathédrale, avec un immense plafond voûté peint de vagues dorées, et de longues tables avec des banquettes alignées comme des bancs. Toutes les tables étaient recouvertes de nourriture, et je les longeai avec une assiette pour la remplir de viennoiseries, de pain et de charcuterie.

Il y avait d'autres convives, mais pas beaucoup. Je supposai que j'arrivais trop tard pour le rush du déjeuner. Beaucoup de gens portaient le cuir bleu de la garde de Poséidon, et je me demandai où était Galatée.

— J'ai cru que tu allais mourir hier.

Une voix féminine nette et claire parla derrière moi, et je me retournai, laissant presque tomber mon assiette surchargée.

Kalypso haussa un sourcil parfait devant ma nourriture.

— Cela pourrait te tuer à la place, sourit-elle.

Ses cheveux liquides bougeaient autour de son visage, et j'essayai de me débarrasser de mes craintes. Elle était d'une beauté majestueuse, sa peau sombre rayonnant de puissance.

— Vous avez gagné ? lui demandai-je.

Je n'avais pas pensé à demander qui était arrivé en premier à l'Épreuve.

Elle pinça les lèvres, et ses yeux glissèrent vers un point derrière moi. Je jetai un coup d'œil par-dessus mon épaule, mais je ne vis rien.

— Non. Céto a gagné.

— Oh.

Céto me terrifiait. De tous les concurrents, elle était celle que je pouvais le moins imaginer diriger un royaume. Elle était littéralement un monstre.

— Oh, en effet. Alors, comment va ton mari ?

Je fronçai les sourcils, à la fois de l'entendre appeler Poséidon mon mari, mais aussi à ses questions.

— Bien. Pourquoi me parlez-vous ?

— Tu es l'une des nôtres, dit-elle, ses yeux d'un bleu glacial brillant. L'un des cinq concurrents en lice pour devenir un dieu souverain.

Le désir brûlait dans sa voix, et un véritable sentiment de danger commença à me traverser. Elle voulait le trident et le Verseau. *Mauvaise idée.*

— Atlas me force à faire ça. Je ne veux rien gouverner.

Je décidai de saisir l'occasion pour poser une question qui me faisait réfléchir.

— Il faut partager le Verseau avec lui si vous gagnez ?

Ses traits se durcirent, et ma sensation de danger s'accrut.

— Je partage ce que je veux, avec qui je veux, siffla-t-elle.

Je levai ma main vide en signe de soumission.

— D'accord, j'ai compris. Moi aussi, je suis fan de consentement.

Ses yeux se plissèrent avec suspicion, mais elle se détendit un peu, et le pouvoir qui émanait d'elle s'atténua un peu.

— Quels sont tes pouvoirs ?

— J'adorerais discuter, mais je dois emmener ça, dis-je en levant mon assiette bien remplie, et aller retrouver un ami.

Elle me dévisagea un instant, puis haussa les épaules.

— D'accord. Rendez-vous au coucher du soleil.

— Ouais, à bientôt.

Je sortis de la salle à manger aussi vite que possible. Je n'avais pas l'intention de ramener mon repas dans ma chambre, et je n'allais certainement pas lui dire que l'ami que j'allais retrouver était une petite étoile de mer magique, mais je ne voulais pas passer plus de temps que nécessaire avec Kalypso. Être en sa compagnie, c'était comme rester à proximité d'une bombe à retardement – une pression étrange et constante à l'esprit pendant tout le temps où ses yeux étaient posés sur moi.

Peut-être que c'était un truc divin. Je secouai la tête en me pressant dans les couloirs.

— Tu as raté un virage, couina Kryvo.

— Heureusement que tu es avec moi, lui marmonnai-je en reculant.

Je finis par retrouver ma chambre et j'engloutis tout ce que j'avais mis dans mon assiette, utilisant ma commode comme table. Pendant que je mangeais, je racontai à Kryvo ce que j'avais lu dans le livre, à propos de la fontaine de Zoi.

— Donc, je me dis que si je peux atteindre la fontaine, alors je pourrai guérir Lily à la fois de la maladie du sommeil et du fléau de la pierre, terminai-je en fourrant le reste d'une petite tourte à la viande dans ma bouche.

— Ton plan comporte quelques problèmes, déclara Kryvo en écrasant ses petites ventouses sur la surface de la commode.

— Juste quelques-uns ? murmurai-je.

— Tout d'abord, et avant tout, si Poséidon connaissait cette fontaine, il y serait déjà allé et il l'aurait lui-même utilisée.

J'acquiesçai lentement.

— Oui. Je sais, je... je dois lui poser la question, j'imagine.

— Tu ne veux pas ?

— Je ne veux pas qu'il dise que ça ne marchera pas, dis-je en réalisant la vérité au fur et à mesure que je prononçais les mots. L'Atlantide est mon seul espoir. Si Poséidon me dit que ça ne marchera pas, alors je n'ai rien.

— Ce n'est pas vrai. Poséidon a dit que l'Oracle lui avait dit qu'on pouvait guérir le fléau de la pierre avec le cœur de l'océan, n'est-ce pas ?

— Oui.

— Si ton pouvoir s'éveille, tu pourrais réaliser la prophétie.

— Peut-être, dis-je en jetant un regard à l'étoile de mer. Je ne pense pas que ce soit un plan très solide de fonder mes espoirs sur ma magie inexistante.

— Je n'aime pas te contrarier, Almi, mais si l'Oracle dit que le cœur de l'océan est le seul moyen de guérir le fléau, alors...

— Alors ma fontaine ne fonctionnera pas, dis-je dans un soupir.

— On le dirait bien. Je pense que tu devrais reconcentrer tes efforts sur le fait d'en apprendre plus à propos de ce cœur.

Je le regardai sans vraiment le voir. Je reconnaissais avec réticence qu'il avait raison, et j'essayais de garder ma colère à distance. C'était injuste que cela soit arrivé à Lily. C'était une bonne personne. Elle l'avait été toute sa vie. Altruiste et gentille. Pourquoi fallait-il qu'elle et toutes les autres familles du Verseau soient affectées par ce fléau ? *Poséidon inclus.*

Je n'avais pas la capacité émotionnelle de comprendre pourquoi je ressentis une vague de panique en l'imaginant se transformer à nouveau en pierre, et je fus soulagée quand Kryvo parla.

— Veux-tu que je voie s'il y a quelque chose dans le palais à propos du cœur de l'océan ?

— Tu pourrais ? C'est une bonne idée.

L'étoile de mer remua ses bras.

— Bien sûr. Je suis ton ami.

Je lui souris.

— Oui. Tu l'es. Merci.

Il avait raison. Je devais me concentrer sur le cœur. Si Poséidon et l'Oracle avaient raison, alors Lily et moi y étions liées d'une manière ou d'une autre. Et je ne pouvais pas voler ce fichu vaisseau et me rendre en Atlantide de toute façon, pas tant que j'étais retenue par les Épreuves. J'avais besoin de mettre de côté ma certitude qu'il y avait des réponses là-bas et me concentrer sur le cœur de l'océan.

On frappa un coup à ma porte peu de temps après, et il s'avéra que c'étaient les deux nymphes qui m'avaient habillée pour le début des Épreuves.

— Bonjour. Je vous prie de venir avec nous dans les vestiaires pour vous préparer, déclara la petite.

Je les suivis docilement, emmenant Kryvo avec moi. Il ne se camouflait pas, et les deux nymphes lui lancèrent de petits regards désapprobateurs.

— Tu as décidé de ne plus te cacher ? lui demandai-je.

— Poséidon sait que je suis là, et ils t'ont tous vue me parler pendant les Épreuves. Si tu insistes pour que je t'accompagne, autant économiser mon énergie.

Je fus certaine d'avoir entendu une pointe d'orgueil dans sa voix. Peut-être que ma petite étoile de mer trouillarde devenait un peu plus courageuse.

— Bon. Sois fier, Kryvo, lui dis-je.

Nous arrivâmes aux vestiaires, et je regardai la nymphe à côté de moi.

— C'est mon ami, et je vais avoir besoin d'une tenue assortie à lui.

Je plaisantais, mais je sentis Kryvo se réchauffer un peu. La nymphe haussa les sourcils, puis porta une main à son menton d'un air pensif.

— On peut trouver ça.

ALMI

À ma légère surprise, les nymphes m'habillèrent de manière que je sois parfaitement assortie à Kryvo. Elles me firent enfiler une robe corset, dont le décolleté suivait la ligne de mon haut, laissant complètement nu tout ce qu'il y avait au-dessus de mes seins et de mes épaules. Au début, je fus mal à l'aise d'exposer autant de peau, mais quand je tournoyai devant le miroir, avec la sensation que le bas de la robe ne pesait rien et bougeait comme un liquide, je décidai que ça me plaisait. La robe était noir de jais, une couleur que je ne pensais pas m'aller. Mais avec mon accessoire rouge vif en forme d'étoile de mer, c'était joli. Et il y avait un autre éclat de couleur dans le miroir.

— Vous voyez le tatouage sur ma poitrine ? demandai-je à la nymphe.

— Oui. Il n'était pas là, la dernière fois.

— Hum.

Poséidon avait dû lever le glamour qui le cachait. Le milieu bleu vif et turquoise attira mon attention, car la robe noire le mettait en valeur.

Les nymphes relevèrent mes cheveux en un chignon

élaboré, dont une grande partie était bouclée et tombait en vrilles qui semblaient naturelles, mais qu'elles avaient en fait soigneusement arrangées. D'autres mèches bleues avaient rejoint les violettes, remarquai-je.

On me maquilla de la même manière que la dernière fois, avec subtilité, mais en me faisant paraître plus âgée d'une manière qui me plaisait.

— Vous êtes vraiment douées, dis-je quand elles eurent fini.

Elles acquiescèrent toutes les deux.

— Oui.

Je souris.

— Merci.

Avec davantage de hochements de tête, elles s'inclinèrent et quittèrent la pièce, juste au moment où Galatée apparaissait dans l'embrasure de la porte.

— Salut, dis-je.

— Bonsoir.

— Tu vas aussi à la salle de bal ?

— Oui. Pourquoi as-tu une étoile de mer sur toi ? C'est un bijou ?

— C'est mon étoile de mer de soutien émotionnel.

Galatée secoua simplement la tête et me tint la porte ouverte. Je l'entendis marmonner le mot « bizarre » alors que je passais devant elle.

— Tu as des hypothèses à propos de la prochaine Épreuve ? lui demandai-je.

— Non. Mais Poséidon m'a dit qu'il t'avait montré le *Okeánios ánemos*.

— Oui.

— Bon. Je te retrouverai à bord s'il arrive quelque chose.

— Tu ne serais pas obligée de prendre la place de Poséidon s'il lui arrivait quelque chose ?

Elle ralentit l'allure pour me lancer un regard surpris.

— Non. Le Verseau doit être gouverné par un dieu.

— Qu'est-ce que tu es ?

Elle fit une pause avant de me répondre, en pressant à nouveau le pas dans les couloirs.

— Une nymphe.

— Tu dois être une nymphe très puissante pour être le général de Poséidon.

— Oui, fut tout ce qu'elle dit.

Sentant sa réticence à en parler davantage, je changeai de sujet.

— Kalypso m'a parlé tout à l'heure. Elle veut gagner.

Galatée fit la grimace.

— Je n'ai aucun doute. Elle est la plus forte de la compétition. En dehors du roi, bien sûr.

Si Poséidon était à pleine puissance, cela aurait pu être vrai, mais je m'abstins de la corriger.

— Céto me fait peur, dis-je à la place.

— Céto est sous le contrôle de Poséidon depuis toujours. Cette rupture sera difficile à guérir, une fois les Épreuves terminées.

— Était-elle sous son contrôle volontairement ?

— C'était un accord. Poséidon la laissait, elle et son frère, créer toutes sortes de créatures infernales, en échange de leur allégeance. En général, ils étaient libres de faire ce qu'ils voulaient dans les profondeurs. Il n'abusait pas de sa position, dit-elle avec un regard sévère.

— Ce n'est pas ce que je voulais dire. J'essayais juste de voir la situation de son point de vue.

— Elle a trahi son allégeance. Il n'y rien de plus que ça.

La loyauté infinie de Galatée envers son roi était admirable, mais je n'étais pas surprise de ne pas retrouver la même chez Céto. En fait, il y avait probablement un certain nombre de sujets de Poséidon qui éprouvaient du ressentiment à l'idée d'être contrôlés par un dieu toute leur vie, surtout si, comme Céto, ils avaient tant de pouvoir.

— J'ai entendu dire qu'elle avait gagné la dernière Épreuve, dis-je.

— Oui. C'est elle qui a le plus de coquillages, maintenant. Mais cela va changer, répondit férocement Galatée.

Nous atteignîmes les grandes doubles portes familières de la salle de bal, et elle les poussa.

La pièce était la même que la dernière fois que j'y étais allée, à l'exception du fait qu'il y avait maintenant un grand siège au milieu. Il était composé de centaines d'anneaux imbriqués formant des globes, et il ne faisait aucun doute que cela représentait le sceau d'Atlas.

Atlas lui-même se prélassait sur le trône, et la lumière du magnifique récif de corail qui bordait la salle de bal dansait sur son visage quand ses yeux croisèrent les miens. Un sourire cruel tordit les coins de sa bouche.

Galatée poussa un grondement sourd de la gorge.

— Ce chien est assis sur un trône dans le palais du vrai roi ?

Je cherchai Poséidon et le trouvai instantanément. Il se tenait avec Hadès, tous les deux parlant à voix basse. Il portait la robe océan, les vagues déferlant sur le tissu et attirant tous ceux qui y posaient le regard.

Je balayai rapidement des yeux le reste de la salle, notant que la foule était essentiellement la même que la dernière fois, les mêmes dieux olympiens – et les trois mêmes absents.

Je fis mine de me diriger vers Poséidon, mais avant que je fasse un pas, Atlas se leva.

— Tu es là, *reine* Almi !

Je calai, à la fois au milieu de mon geste et en pensée.

Reine.

Eh bien, c'était nouveau.

Je jetai un coup d'œil à Poséidon, mais ses yeux colériques étaient fixés sur Atlas.

— Nous attendions ton arrivée pour commencer les festivités. Et puis-je te dire à quel point tu es ravissante ?

Je lui adressai un sourire sarcastique, puis lui fis un doigt d'honneur.

Mes genoux fléchirent sous moi, et je criai sous le choc quand mon corps se replia en une révérence servile.

— Atlas ! rugit la voix de Poséidon.

Et la compulsion qui contrôlait mon corps s'évanouit.

— Elle doit apprendre à respecter ceux qui sont plus puissants qu'elle, Poséidon, déclara Atlas d'une voix douce et soyeuse. Ce qui, je crois, signifie tout le monde.

De la fureur pulsait dans mes veines quand je me redressai.

— Connard, sifflai-je entre mes dents.

Je savais qu'il m'avait entendue, parce que ses yeux se plissèrent, et un pétillement de douleur me secoua le corps. Ça disparut avant que je puisse aspirer de l'air, cependant, et il se retourna vers le reste de la pièce.

— Citoyens de l'Olympe, Olympiens honorés, lança-t-il en écartant les bras. Bienvenue. Actuellement, Céto a quatre coquillages, Kalypso trois, Polybotès deux, Almi un et Poséidon, ajouta-t-il en se tournant vers le dieu de la mer. Aucun.

Le tonnerre craqua au loin, et la brillante lueur pastel du récif de corail s'assombrit pendant une fraction de seconde.

J'avais plus de coquillages que Poséidon ? Merde. Sans doute parce que c'était mon bateau qui avait survolé la ligne d'arrivée. Le sien ne l'avait jamais franchie.

— Les trois prochaines Épreuves seront un régal pour vos sens, braves gens !

Il frappa dans ses mains, et une énorme cassolette à

flamme apparut à la place de son trône. Du feu y jaillit, haut et incandescent, puis une image y apparut.

— Apollon a gracieusement accepté d'héberger la première de trois Épreuves sur le thème des éléments. Son royaume étant soumis aux températures les plus extrêmes, il semblait approprié d'y organiser l'Épreuve de glace.

L'image d'une falaise tout en glace bougea comme si un drone en faisait un panoramique, et je sentis mes muscles se crisper lorsque je vis quelque chose d'énorme et sombre se mouvoir à l'intérieur. L'image plongea pour montrer une couche de glace qui semblait durer éternellement au pied de la falaise, avec des formes plus sombres qui se déplaçaient en dessous, dans la mer en contrebas.

Les yeux d'Atlas brillaient d'une excitation cruelle tandis qu'il parlait.

— Vous devez collecter autant de coquillages que possible en une heure. Mais attention, la seule façon de quitter l'Épreuve est de trouver la coquille rouge. Sans elle, vous ne pouvez pas revenir.

La peur me noua le ventre, et j'eus chaud à la simple pensée d'être prise au piège.

— Le deuxième des éléments sera la terre, et l'Épreuve sera hébergée dans les mortels jardins maritimes tropicaux d'Aphrodite.

L'image se transforma en un panorama d'îles tropicales. Alors que la vue se rapprochait de l'eau, je pus voir du vert sous la surface, puis du liquide rouge commença à s'infiltrer comme du sang à travers l'eau, effaçant le vert en dessous.

— Le dernier sera le feu, et l'Épreuve se tiendra là où les volcans du Scorpion d'Héphaïstos rencontrent les profondeurs du Verseau.

Une fois de plus, l'image changea, cette fois en un paysage sous la surface de l'eau. Tout était sombre et lugubre, à l'exception d'une rivière brûlante de lave en fusion qui se frayait un chemin à travers une roche noire déchiquetée.

— Allons-nous le faire à tour de rôle ou tous ensemble ? gronda la voix profonde de Polybotès depuis là où il se tenait de l'autre côté de la pièce, dominant tout le monde.

— Non. Vous déciderez de l'ordre dans lequel vous passerez les Épreuves, maintenant.

Mon cœur battait trop vite quand je regardai Poséidon. Ses yeux croisèrent les miens, et je sus que nous pensions à la même chose. Si nous devions travailler ensemble, il fallait que nous choisissions de les passer dans le même ordre.

ALMI

Je fis mine d'avancer vers Poséidon mais, au bout d'un pas, mes pieds se figèrent. J'essayai de les soulever du sol, mais ils ne m'obéirent pas. Regardant Atlas, je sentis m'envahir davantage de colère.

— Vous choisirez en privé, sourit-il.

— Choisis le…

La voix de Poséidon s'interrompit abruptement dans ma tête.

— Il n'y aura pas non plus de communication mentale, dit Atlas en regardant Poséidon.

Je crus pendant une minute que le dieu de la mer allait se jeter sur le Titan arrogant.

Hadès posa une main sur l'épaule de Poséidon, et celui-ci tressaillit.

Atlas eut un petit rire.

— Céto, en tant que leader, tu choisiras en premier.

Il frappa de nouveau dans ses mains, et la cassolette à flamme disparut, remplacée par une table avec trois petites urnes identiques dessus.

— Il ne devrait pas avoir autant de pouvoir dans le palais, siffla Galatée à voix basse. Je découvrirai comment il fait ça même si ça doit me tuer.

— Tu peux parler à Poséidon dans ta tête ? lui chuchotai-je.

Elle se concentra un instant, puis secoua la tête.

— Non.

— Merde.

Céto émergea de la foule et glissa jusqu'à la table sur ses nombreuses jambes de poulpe, sinistres et pourries. En silence, elle se pencha sur les urnes, puis en déplaça deux pour les disposer dans un ordre différent. Je regardais attentivement, mais ne pouvais voir aucun signe qu'il y avait quoi que ce soit permettant de déterminer lequel était quoi, ou même de les différencier les unes des autres.

— Kalypso ? dit Atlas quand Céto s'écarta de la table.

La belle Titan portait du rouge écarlate et semblait aussi féroce qu'un lion lorsqu'elle s'avança. Aussi féroce qu'un poisson-lion, me corrigeai-je mentalement alors qu'elle se dirigeait vers la table, avec un bruissement de ses cheveux d'eau. Elle réorganisa toutes les urnes avant de reculer avec un hochement de tête.

Mon estomac semblait inconfortablement nerveux lorsque je regardai Polybotès approcher ensuite à grands pas.

Il était évident qu'Atlas avait anticipé l'idée de Poséidon que nous restions ensemble.

Je regardai le Titan, qu'on m'avait prévenue à plusieurs reprises de ne pas sous-estimer. Il ressemblait à un homme. Un humain normal, quoiqu'un peu plus sexy, d'âge moyen. Une peau bronzée, un beau visage symétrique et la carrure de quelqu'un qui allait beaucoup à la gym.

Sentant que je le regardais, il fixa ses yeux noirs dans les miens. Je déglutis, sur le point de détourner les yeux, quand toute son apparence changea. Cela ne dura qu'une fraction de seconde, mais pendant cet instant, il fut nimbé de feu foudroyant. À l'exception de ses yeux, il était rouge feu, des étincelles de puissance mortelle coulant en rivières sur tout son corps. Ces yeux, cependant... Des gouffres noirs de néant, la promesse d'une éternité de *rien,* sans âme ni vie.

Son image humaine resurgit, un sourire froid sur son beau visage, et la chair de poule explosa sur ma peau.

— Il peut lire dans mes pensées ? demandai-je à Galatée du coin de la bouche.

C'était une trop grosse coïncidence qu'il me donne un aperçu de lui si terrifiant au moment où je pensais à son apparence.

— La magie du palais interdit la lecture des pensées, mais Atlas contrecarre ses enchantements depuis qu'il est arrivé ici, alors qui sait, putain ?

C'était la première fois que je l'entendais jurer, et je me tournai légèrement vers elle. Sa sévérité s'était décuplée, et je ressentis un éclair de sympathie pour elle. Elle aimait Poséidon et le Verseau ; c'était une évidence. Et cela signi-fiait que tout ce qu'elle aimait était gravement menacé. Sa haine pour Atlas lui suintait par tous les pores.

— Je peux l'en empêcher ?

Elle me décocha un coup d'œil.

— Pas sans magie. Mais je peux essayer de protéger tes pensées.

— Tu peux le faire ?

— Je peux essayer. Prends mon bâton.

— Merci, dis-je alors qu'elle me passait son bâton aussi discrètement que possible.

Polybotès avait fini de réarranger les urnes, et Atlas me regarda.

— Au tour d'Almi, dit-il en désignant la table.

J'avançai à grands pas, gardant et serrant fort le bâton à mes côtés. J'avais un plan, mais je ne savais pas si je pourrais le mettre à exécution.

Quand j'eus atteint les urnes, elles s'éveillèrent toutes et s'illuminèrent d'une lueur rouge foncé, et des inscriptions en gribouillis désordonné brûlèrent dans la céramique : Feu, Glace, Terre. Une étiquette sur chaque urne.

En haussant les épaules, je les disposai dans l'ordre selon lequel Atlas les avait présentées, dans l'espoir que Poséidon ferait peut-être instinctivement de même si mon plan échouait.

Je déplaçai le pot qui disait « glace » vers la gauche, mis celui de la terre au milieu et celui du feu en dernier.

Quand je me détournai de la table, comme je l'avais espéré, Poséidon attendait à quelques pas derrière moi.

— Kryvo, soufflai-je aussi doucement que possible, sans bouger les lèvres. Dis à Poséidon dans quel ordre j'ai disposé les urnes.

Aussi vive que possible, je levai la main vers ma clavicule et détachai l'étoile de mer de ma peau tout en me dirigeant vers Poséidon, dos à Atlas.

Les sourcils de Poséidon se haussèrent alors que je marchais droit sur lui, en soutenant son regard et en tâchant d'envoyer des ondes qui disaient : « Joue le jeu ! ».

— Bonne chance, mon mari, dis-je à haute voix.

Et je pressai mes lèvres sur les siennes de la manière la plus exagérée possible, tout en appuyant également Kryvo sur son épaule que sa toge laissait exposée. L'étoile de mer poussa un petit couinement surpris, et ce fut comme si Poséidon s'était à nouveau transformé en pierre tant il était immobile. Il prit soudain vie, agrippant ma taille et m'attirant contre lui, ses lèvres bougeant sous les miennes. De la chaleur déferla en moi, mon estomac se noua, et j'entendis Atlas aboyer.

— Cessez ces bêtises. Poséidon, choisis tes urnes.

Poséidon recula, et je détournai mes yeux des siens pour jeter un coup d'œil à son épaule. Kryvo s'était complètement camouflé.

Je me retournai lentement vers Galatée.

— Je pense que ça a marché, lui chuchotai-je.

Atlas n'avait rien dit, et Poséidon déplaçait les urnes avec détermination.

— Qu'est-ce que tu as fait ? Où est ton étoile de mer ornementale ?

— En train de sauver mes fesses, j'espère. Une fois encore.

Poséidon s'écarta, et Atlas agita les mains. La table disparut, et le trône réapparut quand le Titan commença à lire l'ordre que les trois premiers concurrents avaient choisi. J'entendis à peine ce qu'il disait jusqu'à ce qu'il prononce mon nom. Mon pouls s'accéléra, et je fixai Poséidon. Il me regardait droit dans les yeux.

C'était lui qui avait suggéré de travailler ensemble, mais il semblait maintenant que j'en avais plus envie que je ne m'en étais rendu compte. Plus que tout au monde, je voulais que le maussade dieu de l'océan soit à mes côtés lorsque nous affronterions les Épreuves dont nous venions d'avoir un aperçu.

— Almi choisi la Glace, puis la Terre, puis le Feu.

Je sus instantanément que mon plan avait fonctionné. Je vis scintiller de la lumière dans les yeux de Poséidon, et le récif de corail autour de nous pulsa d'une infime lueur d'énergie.

La voix d'Atlas était dure quand il reprit la parole.

— Poséidon affronte la Glace, puis la Terre, puis le Feu aussi.

Galatée m'agrippa le bras.

— Cela signifie que tu seras au niveau Glace avec le

géant, au niveau Terre avec Kalypso et au niveau Feu avec Céto. Il faudra que tu sois sur tes gardes, dit-elle, le visage crispé d'inquiétude.

Elle avait manifestement écouté plus attentivement que moi.

— Oui. Et je serai avec Poséidon, grâce à toi qui as protégé mes pensées et à une toute petite étoile de mer, souris-je en lui tendant son bâton.

Elle le prit, un froncement légèrement perplexe sur le visage.

— Je suis heureuse d'avoir pu t'aider.

— J'ai eu une idée ! retentit la voix d'Atlas à travers la pièce, assez fort pour que ma douleur me transperce le crâne.

Nous nous tournâmes vers lui, et je fus alarmée de voir que son expression placide et suffisante avait cédé place à quelque chose à la limite de la folie.

— Je pense que nous devrions commencer maintenant.

— Quoi ? s'exclama la voix de Kalypso, nette et claire dans le silence stupéfait. Non, nous avons besoin de temps pour nous préparer.

— Non, je ne pense pas, répondit Atlas dont le regard fou était braqué sur Poséidon. Commençons dès maintenant. Allez-y !

Il y eut un flash de lumière blanche, et je me retrouvai sous l'eau.

ALMI

Mon premier réflexe fut de prendre une grande inspiration, et je faillis ne pas me retenir à temps. La panique me submergea lorsque je commençai à couler dans l'eau, et je donnai des coups de jambes, en essayant de m'orienter.

Je n'avais pas ma ceinture. Je n'avais pas de racine d'eau.

J'étais oppressée par la sensation bouleversante d'être prise au piège, le poids de l'eau me pressant de tous côtés. Quelque chose bougea autour de moi, des courants froids glaçants soufflant sur mon corps, puis le visage de Poséidon surgit devant moi, ses yeux bleus brillant dans l'obscurité. Il saisit mon visage avec ses mains, puis attira mes lèvres sur les siennes.

De l'air, réalisai-je vaguement, alors que sa bouche se refermait sur la mienne.

Il me donnait de l'air.

Il s'écarta, ses yeux plongeant dans les miens. La brûlure dans mes poumons diminua, et je tâchai de me concentrer.

Où étaient les putains de bulles qui m'avaient aidée la dernière fois ?

La jupe de ma robe s'emmêla dans mes jambes, et j'arrêtai de donner des coups de pied. Poséidon me retenait immobile dans l'eau, et j'avais besoin de conserver mon énergie.

Du rouge vif pulsait plus bas sur le corps de Poséidon, et je réalisai que c'était Kryvo. Tendant la main, je le détachai doucement de la peau de Poséidon et le posai sur ma clavicule nue. L'eau était glaciale, et il était tiède contre ma peau.

— Fais revenir les bulles ! couina l'étoile de mer dès que ses petits dards se furent accrochés à moi.

Je secouai la tête, incapable de lui répondre. Je regardai Poséidon dans les yeux, en me demandant s'il pouvait me parler.

Sa bouche bougea, ses mots parvenant jusqu'à moi dans l'eau, comme venus de très loin.

— Il faut qu'on trouve le moyen de te permettre de respirer.

Sans blague.

Je perçus du mouvement par-dessus son épaule dans l'eau, ainsi que des éclairs rouges. La peur me glaça la peau à mesure que ça se rapprochait, et je réalisai ce que c'était.

— Sang-pourri ! couina Kryvo.

Je saisis Poséidon par le bras et indiquai frénétiquement par-dessus son épaule.

Il se retourna juste à temps, levant un de ses poings. De l'eau jaillit de lui, tourbillonnant dans un courant bleu brillant pour se précipiter vers le requin rouge pourri. Le courant s'enroula autour de la créature, puis la chose explosa.

Poséidon se retourna vers moi, m'attirant à lui et insufflant à nouveau de l'air dans mon corps tremblant.

— On ne pourra pas continuer longtemps comme ça, déclara-t-il, les mots lents et difficiles à déchiffrer.

Une vrille de granit se frayait un chemin le long de sa mâchoire.

Où étaient ces satanées bulles ? Qui les avait envoyées, la dernière fois ? Je n'avais même pas pensé à demander à Perséphone ou à Galatée si elles m'avaient aidée, même si je ne voyais personne d'autre qui aurait voulu le faire.

Qui que vous soyez, s'il vous plaît, s'il vous plaît, s'il vous plaît, aidez-moi encore, priai-je. Si nous ne trouvions pas le coquillage rouge, nous serions piégés ici pour toujours. Ce qui, dans mon cas, ne serait pas très long, étant donné que j'étais mortelle et que nous étions immergés dans une eau glaciale infestée de requins.

Quelque chose souleva mes cheveux de mon visage. Quelque chose qui n'était pas Poséidon. Un flot de bulles minuscules bourdonna autour de moi, de plus en plus vite, jusqu'à s'installer autour de ma figure, comme auparavant.

Les sourcils de Poséidon se haussèrent, et je pris une petite inspiration d'essai.

De l'air. De l'air frais et sec.

— Les bulles sont revenues ! m'exclamai-je à haute voix.

— Tu peux respirer ?

— Oui.

— Tu m'expliqueras plus tard. Maintenant, il faut qu'on trouve des coquillages.

La voix gargouillante de Poséidon était brève et déterminée, comme s'il réservait ses mots.

— Je ne peux pas me permettre de perdre cette Épreuve.

Son visage était aussi sérieux que je l'avais jamais vu, ses cheveux blancs flottants derrière lui dans le courant, son corps tendu comme un ressort. L'importance de sa déclaration s'imposa à moi.

Quand il n'y avait que moi, le but du jeu était juste de survivre. Mais maintenant que nous travaillions ensemble, les enjeux avaient changé. Il fallait nous assurer que Poséidon récupère son royaume et son trident. Cela signifiait qu'il fallait vraiment bien faire.

Gagner.

Je hochai la tête, et il me prit la main.

Il fila dans l'eau comme une flèche, m'entraînant à ses côtés. Je n'avais pas du tout besoin de donner des coups de jambes ou de bouger les bras, alors je m'accrochai juste fermement et gardai l'œil ouvert à la recherche de tout ce qui ressemblait à un coquillage.

Alors que nous filions dans l'eau, je supposai que nous étions sous la couche de glace qui figurait sur l'image dans la cassolette à flamme, mais tout ce que je distinguais était l'obscurité sombre de l'eau bleue, si remplie de minuscules particules qu'il était difficile de voir au loin. Au-dessous de nous s'étendaient des ténèbres d'encre, et aucun bruit ne parvenait à mes oreilles.

J'espérais que Poséidon avait une idée de l'endroit où nous allions, car je n'en avais aucune.

— Cherche des coquillages, dis-je à Kryvo, essayant de me distraire du froid en parlant à la petite étoile de mer.

Les bulles bourdonnaient toujours autour de ma tête, formant maintenant une couche d'air entre mon visage et l'eau. Ma voix me semblait tout à fait normale, et le petit couinement de Kryvo me parvint tout aussi clairement.

— Pas s'ils sont à proximité de sangs-pourris, frémit-il.

— Tu as été super de dire à Poséidon dans quel ordre disposer les urnes, lui dis-je, essayant de lui remonter le moral.

— Je ne veux plus être collé à lui, déclara-t-il sérieusement.

— Non ?

— Non. Il est… intense.

Par inadvertance, je serrai plus fort la main du dieu tandis que nous filions dans l'eau.

Intense, c'était le mot.

63

ALMI

$\mathcal{A}$u bout d'une minute ou deux, quand je fus à peu près sûre que je ne sentais plus mes pieds – heureusement enchâssés dans des sandales lacées jusqu'à mi-mollet, et donc toujours bien en place –, je vis quelque chose. Un solide mur de glace bleu vif.

Presque de la même couleur que les yeux de Poséidon, l'étendue verticale ressemblait à du verre. Mon cœur bégaya un peu lorsque Poséidon nous rapprocha.

Là, enfermée dans le mur de glace mais se déplaçant par à-coups, comme prise au piège dans de la boue, se trouvait la créature qui l'avait attaqué à la fin de la dernière Épreuve. La bête qui semblait avoir surgi d'une version cauchemardesque de Jurassic Park.

— C'est quoi, cette chose ?

La créature se déplaça à nouveau à l'intérieur de la glace, mesurant facilement vingt fois ma taille, alors que nous restions en suspension de l'autre côté du mur sans fin.

Elle était sur le dos, recourbée pour former une demi-lune, les bras et les griffes tendus vers le haut, raclant et secouant sa prison glacée. Un œil reptilien se fixa sur Poséidon, et sa gueule massive s'ouvrit avec une colère évidente. Un craquement retentit au loin, et la peur m'envahit.

— On devrait y aller. Tout de suite.

— Elle ne peut pas s'échapper de la glace, gargouilla lentement Poséidon.

La créature bougea à nouveau, sa gueule se referma brusquement, et l'un de ses six bras acérés remua de quelques centimètres.

— Peu importe. Beaucoup de coquillages, une heure pour les trouver. Autant laisser ce truc tranquille.

Mes dents claquaient pendant que je parlais.

Poséidon me jeta un coup d'œil, puis commença à bouger, m'entraînant avec lui.

Selon mon évaluation, il fallut encore cinq minutes de nage le long du gigantesque mur de glace avant qu'un faisceau de lumière ne traverse l'eau comme un laser, devant nous.

Poséidon se dirigea aussitôt dans cette direction, et le soulagement déferla en moi lorsque je vis un cercle de lumière briller au-dessus de nous. Alors que nous nagions vers le haut, l'eau autour de nous s'éclaircit, et je pus voir distinctement la couche de glace au-dessus de nos têtes. Et le petit trou parfaitement rond dedans.

La suspicion me fit ralentir et tirer sur la main de Poséidon.

— Et si c'était un piège ? Les coquillages doivent être sous l'eau, non ?

Il fronça les sourcils.

— Tu vois des coquillages en dessous ?

Il fit un geste balayant vers l'étendue vide, et la seule chose qui attira mon attention fut la silhouette mouvante du monstre piégé dans le mur de glace.

Je secouai la tête. Lentement, il me lâcha la main. Mes doigts étaient si engourdis par le froid qu'il dut les dérouler lui-même.

Il nagea jusqu'au trou, et l'anxiété me saisit quand il passa lentement la tête à travers. Ses bras suivirent, et il se hissa hors de l'eau. Je regardai ses jambes disparaître vers le haut, puis je cherchai son ombre à travers la glace.

Je ne voyais rien.

Je donnai des coups de jambes et remuai les bras en un large arc, me rapprochant du trou à la nage, le cœur battant à tout rompre.

Du mouvement me fit crier de surprise et de tension, puis je me rendis compte que c'était son bras qui replongeait dans l'eau, ses doigts étendus.

Sans hésiter, je tendis la main et attrapai la sienne, le laissant me tirer hors de l'eau.

L'air glacial déferla douloureusement sur ma peau alors qu'il me tirait sur la glace. Je titubai, mes pieds engourdis ne marchant plus correctement, et j'enroulé les bras autour de ma poitrine exposée. Ma jupe trempée collait à mes jambes alors que je regardais autour de moi.

Bon, c'était légèrement mieux que le vide sous la glace, mais pas tellement.

Le mur de glace le long duquel nous avions nagé s'étendait au-dessus de l'eau, formant la falaise que nous avions vue sur l'image de la cassolette à flamme. À sa base, là où la glace rencontrait le mur, se trouvait quelque chose qui, de loin, ressemblait à du métal. Quelque chose créé par l'homme ou par le divin.

— Il f... f... faut qu'on n... n... n'aille l... là-bas ? bégayai-je en pointant du doigt.

Poséidon me regarda d'un air renfrogné.

— Si nous étions restés plus longtemps dans l'eau, tu serais morte de froid.

— Ce... ce... c'est p... pas ma faute, protestai-je. Je n... n'ai pas demandé à... à venir ici dans une p... putain de robe de bal.

Montrant les dents, il défit la ceinture à sa taille, faisant glisser sa toge océanique de son corps.

Je tâchai de garder ma figure gelée impassible, mais je pus sentir mes sourcils se hausser.

Quand il eut complètement enlevé la toge, je me retrouvai à contempler son corps presque nu, seulement vêtu d'un petit short noir assez moulant, et d'une sangle dorée avec un poignard et une sorte de flûte, sur l'épaule précédemment couverte. Une ficelle en cuir noir ceignait son cou, avec un petit bijou bleu qui pendait entre ses pectoraux sculptés.

Je clignai des paupières.

— Tu t'es d... d... déshabillé, dis-je d'une voix épaisse.

— Je ne sens pas le froid, répondit-il en me tendant sa toge. Prends-la, aboya-t-il alors que je continuais à le fixer du regard.

Je le fis, et sa main brilla autour du tissu avant qu'il ne lâche prise.

— Cela te tiendra chaud. Mets-le tout de suite, on a assez perdu de temps.

— Je ne sais pas comment porter une toge, dis-je en secouant l'énorme morceau de tissu.

On aurait dit que des vagues roulaient dessus, faisant briller les fils métalliques lorsqu'elles s'écrasaient. C'était beau.

— Je me fiche de la façon dont tu la portes, mais ne meurs pas d'hypothermie ! s'exclama-t-il en tapant du pied pour me faire réagir.

— D'accord, j'ai compris, ne m... m... meurs pas, dis-je en enroulant la toge autour de moi comme une couverture.

La chaleur m'enveloppa immédiatement, et je réalisai à quel point mon corps s'était figé.

Avec un dernier regard, Poséidon se retourna et commença à marcher sur la glace vers la chose en métal au loin.

— Tu n'as pas peur que la glace se brise ? appelai-je en me dépêchant de le suivre.

Il ne répondit pas, alors je pris ça pour un non.

Moi, j'avais peur, cependant, et je pris soin de m'assurer, avant de faire un pas, que ça avait l'air solide partout où je posais les pieds. Ce serait bien ma chance de traverser la glace pour tomber directement dans les mâchoires d'un satané sang-pourri. Et je savais qu'il y en avait plus là-dessous. De temps en temps, je voyais un éclair de quelque chose de sombre et de rouge dans les profondeurs.

Mais ensuite, j'aperçus quelque chose d'autre dans la glace, alors que j'évitais soigneusement la zone autour d'un autre trou parfaitement rond.

Quelque chose qui brillait comme de la nacre, capturant la pâle lumière blanche.

— Poséidon, attends !

Je tombai à genoux, regardant attentivement.

Là, enfoncé dans la glace, se trouvait un coquillage. Pas une carapace rouge qui nous ferait sortir d'ici, mais une carapace tout de même.

Poséidon apparut à côté de moi, et je fus momentané-ment distraite par toute cette chair bronzée dans mon voisinage immédiat, avant qu'il ne parle.

— Comment le sortir de la glace ?

— Ton poignard ? proposai-je en désignant la petite arme sur sa sangle. C'est une bonne chose que l'un de nous ait assisté au bal avec une arme.

— J'ai toujours une arme, dit-il sérieusement.

Je n'en doutais pas.

Il prit le poignard dans sa main droite et pressa la pointe contre la glace. Un fort craquement retentit, et je reculai sur mes genoux.

— Je vais attendre juste ici, dis-je.

— Bonne idée, répondit-il sans me regarder.

Il commença à creuser pour sortir la coquille de la glace, et de fines fissures zébrèrent à partir de l'endroit où il œuvrait. Je continuai à avancer vers la falaise et la structure métallique au fur et à mesure que les fissures se propageaient, mais j'hésitais à m'éloigner trop de lui.

— Les fissures sont assez grandes, lui criai-je, maintenant à au moins trois mètres.

J'entendis un petit bruit sourd, et Kryvo cria d'alarme alors que je baissais les yeux.

J'étais sur de la glace assez mince pour voir à travers, directement dans les yeux d'onyx d'un sang-pourri, qui ne clignaient pas. D'autres formes rouges pourries se déplaçaient sous la glace, et quand je regardai en direction de Poséidon, je réalisai qu'elles se rassemblaient également sous lui.

Le fait d'exploser un seul des monstres avait fait apparaître la pierre sur son visage. Combien de sangs-pourris serait-il capable de gérer avant d'exercer trop de pouvoir et de redevenir une statue ?

— Poséidon ? commençai-je à crier.

Mais il me coupa la parole.

Il ne leva pas les yeux. Il prononça un mot, clairement et fort.

— Cours.

ALMI

Il se leva, et le craquement retentit si fort que je hoquetai. Mes jambes bougèrent instinctivement, et avant que je m'en rende compte, je sprintais à toute allure vers la falaise, et ce que j'espérais désespérément être la terre ferme.

Jetant un coup d'œil par-dessus mon épaule, je vis Poséidon courir derrière moi et me rattraper. Autour de lui, la glace se brisait, avec les museaux rouges et noirs des requins démons, si semblables à de la lave, claquant sur ses talons alors qu'ils tentaient de se propulser hors de l'eau.

Pourquoi ne s'était-il pas téléporté dans un flash de lumière pour se mettre en sécurité ? Sans doute, les dieux ne couraient pas !

— Plus vite ! rugit-il.

Et je me retournai, projetant plus de force dans mes jambes.

La glace sous mes pieds se souleva, et un petit cri s'échappa de mes lèvres alors que je plongeais sur le côté, sautant sur un autre morceau de glace quand celui sur lequel je courais s'inclina pour glisser dans l'eau en dessous. Du rouge et du noir brilla dans ma vision périphérique, mais je ne m'arrêtai pas pour regarder.

Me jeter sur ce que j'identifiais maintenant comme étant une plate-forme métallique, ce fut la seule chose qui me vint à l'esprit. J'attrapai la balustrade glaciale de la plate-forme et me hissai dessus, le lourd tissu de ma robe s'empêtrant autour de mes jambes alors que je dérapais, avec la toge de Poséidon qui tombait. Une demi-seconde plus tard, les pieds nus de Poséidon claquèrent sur la plate-forme, et il ralentit jusqu'à s'arrêter, tourbillonnant pour se retourner. Les morceaux de glace qui avaient autrefois formé une nappe parfaite au-dessus de la mer s'enfonçaient maintenant dans l'eau, avec les sangs-pourris qui claquaient des dents.

— Jésus Marie Joseph, hoquetai-je. On n'est pas passés loin.

Poséidon se retourna vers moi, en me tendant le petit coquillage blanc.

— Tu as un endroit sûr pour stocker ça ?

Je jetai un coup d'œil par inadvertance à ses sous-vêtements, la seule chose qu'il portait, puis je hochai la tête. Il me passa la coquille, et je la glissai dans le soutien-gorge moulant que je portais sous la robe corset. Il m'observa, les yeux brillants de lumière.

— Porte la toge, grogna-t-il alors que je croisais son regard.

Hochant la tête, je la ramassai là où elle était tombée, l'enroulant autour de mes épaules.

— Il faut continuer.

Je me détournai de l'eau infestée de requins pour inspecter mes alentours. La falaise de glace s'élevait sur notre gauche, sa surface semblable à du verre, et l'on n'y voyait plus à l'intérieur la forme sombre de la bête formidable. La plate-forme trembla, et je regardai par-dessus bord pour voir les requins mordre les poteaux métalliques qui la soutenaient.

L'autre extrémité de la plate-forme, à mon grand soulagement, était attachée à la terre. Une terre de glace et de neige, mais une terre tout de même.

Je traversai la surface métallique, désireuse de m'éloigner des requins.

— Ils n'ont pas froid là-dedans ? On dirait qu'ils sont faits de lave, dis-je. La glace et la lave, ça ne devrait pas aller ensemble.

— Ils peuvent survivre dans n'importe quel environnement. Ils sont nés de la lave, mais ils sont faits de sang et de chair pourrie.

Je ravalai ma nausée.

— D'où le nom, marmonnai-je. Comment s'appelle la chose dans la glace ?

— Un talontaure. Et c'est une femelle.

— Elle est liée à celui que tu as tué avant de te changer en pierre ?

Poséidon me regarda, puis secoua la tête.

— C'est le même.

— Comment est-ce possible ?

— Les démons et les monstres de l'Olympe ne meurent pas. Ils se régénèrent. Elle restera piégée làdedans jusqu'à ce qu'elle soit à pleine puissance, et qu'un dieu la libère.

— Un dieu comme toi ?

— Ou Céto. Mais sans mon trident, je ne peux pas la contrôler. Viens.

La neige crissa sous ses pieds quand il s'aventura sur le sol gelé.

— Tes orteils vont tomber, lui dis-je en marchant après

lui et en essayant de ne pas regarder la façon dont les muscles de son dos bougeaient à chacun de ses pas.

Il m'ignora.

— Je suis content d'être hors de l'eau, couina Kryvo.

— On est deux, lui dis-je. Mais je ne sais pas où on va trouver des coquillages, par ici.

Nous étions sur un certain rivage, mais qui ne ressemblait pas à la plage de sable du Sagittaire qui avait abrité l'énigme du coffre au trésor.

L'odeur dans l'air était celle du pin et du givre, et le bruit de l'océan brillait par son absence, après que je l'eus côtoyé pendant si longtemps, maintenant.

Je tendis l'oreille, à l'affût de n'importe quoi, mais seul se faisant entendre l'étrange craquement de la mer gelée derrière nous – à l'exception de nos pas.

Nous longions le mur de glace, progressant dans les terres vers un grand bosquet d'arbres enneigés. Il semblait qu'il n'y avait rien par terre, à part quelques plantes broussailleuses et des rochers. J'inspectais soigneusement tout ce que nous dépassions, juste au cas où.

— Tu sais où tu vas ? demandai-je à Poséidon, alors qu'il se tournait vers les arbres.

— Non.

— Alors comment sais-tu que tous les coquillages ne sont pas sous l'eau et qu'il n'y rien ici ?

— Atlas veut que je perde. Je suis un dieu aquatique. Tu es une nymphe de la mer. Il va nous compliquer la tâche en déplaçant le défi sur la terre ferme.

Je fronçai les sourcils en réfléchissant à cela.

— Mais Céto et Kalypso sont aussi des divinités de la mer.

— Aucune n'est aussi puissante que moi, grogna-t-il.

J'ouvris la bouche pour faire un commentaire à propos du fléau de la pierre, mais je me souvins que tout était diffusé. Ne sachant pas si je pouvais en parler ou non, je me mordis la lèvre.

— Qu'est-ce…, commençai-je.

Mais Poséidon se figea, levant la main.

— Écoute, murmura-t-il.

Je le fis, captant le faible cri d'un homme, puis un hurlement.

— Polybotès ? chuchotai-je.

— Peut-être.

Il se remit à marcher, se dirigeant dans la direction du bruit.

— Combien de temps tu crois qu'il nous reste ? lui demandai-je.

— Environ une demi-heure, répondit-il calmement.

— Vingt-huit minutes, couina Kryvo. J'ai regardé une horloge du palais quand on a démarré.

— Quelle étoile de mer intelligente, lui dis-je.

Et il réchauffa brièvement ma peau.

Nous poursuivîmes notre progression vers le bosquet d'arbres, et la lumière s'assombrit à mesure que nous nous éloignâmes de la falaise de glace. Je devinai qu'elle reflétait tellement de lumière que tout semblerait sombre, en comparaison.

Le sol était encore assez dépouillé, avec juste des rochers brillants recouverts de givre et un peu de neige. Quand nous arrivâmes au premier arbre, cependant, je m'arrêtai.

C'étaient des conifères, leurs longues branches fines recouvertes d'aiguilles d'un vert très foncé, elles-mêmes recouvertes de neige. Mais quelque chose clochait chez eux.

Poséidon s'enfonça plus loin dans le bosquet, et j'appelai son nom doucement.

— Les arbres, répondit-il. Il ont quelque chose.

Je me tournai vers lui alors qu'il attrapait une branche par la base et la secouait. De la neige poudreuse tomba en pluie par terre, et Poséidon secoua à nouveau. Lentement, les aiguilles de pin se mirent à changer de couleur. En quelques secondes, toute la branche, puis tout l'arbre, était jaune.

— Qu'est-ce que… ?

— Essaye celui-là, déclara Poséidon.

Je tendis la main et je fis de même avec la branche devant moi. La neige tomba en premier, puis l'arbre devint bleu.

Je ne pus retenir le sourire qui jaillit de mes lèvres.

— C'est cool.

De la lumière éclata dans les yeux de Poséidon, qui se rétrécirent ensuite.

— Vérifie tous les arbres. On a besoin d'un coquillage.

— Blanc ?

— Ou rouge.

De l'excitation bourdonna en moi alors que nous commencions à aller et venir dans le petit bosquet de pins, à secouer toutes les branches à notre portée. Enfin, toute la neige tomba de celle que j'agrippais, et lorsque les aiguilles de pin vertes commencèrent à changer de couleur, ce fut pour prendre exactement la même teinte de blanc que la neige par terre.

— J'en ai un blanc ! appelai-je.

— J'en ai un rouge, répondit la voix de Poséidon.

Il avait l'air alarmant de loin, mais je n'eus pas le temps de m'en inquiéter, car l'arbre se mit à gronder.

Les branches vibrèrent, et je reculai d'un pas, sans savoir quoi faire.

— Des idées, Kryvo ? commençai-je à demander, quand de la neige jaillit du sol en cercle autour du tronc de l'arbre.

Je fis un autre pas en arrière, mais je fus trop lente, et la neige tourbillonna autour de mes pieds, soulevant mes jupes et emportant la toge loin de moi. Je m'accrochai, tournant sur moi-même, essayant de m'éloigner de la soudaine tempête de neige. Chaque fois que j'essayais de sortir du cercle, j'étais projetée en arrière. Le seul endroit dégagé que j'apercevais était sous les branches basses du pin, alors je m'agenouillai et entrepris de ramper dessous.

La neige monta plus haut, fouettant mes cheveux mouillés autour de mon visage et me remplissant le nez et la bouche pendant que je rampais. Je toussai, m'essuyant inutilement le visage d'une main tandis que je m'accrochais désespérément à la toge de l'autre.

Dans une rafale, un courant d'air coula autour de moi, chaud et très différent du froid pinçant de la tempête qui charriait de la neige. Tout comme les bulles, il tourbillonna autour de mon visage, créant une barrière entre moi et la neige étouffante.

Je pris une profonde inspiration avec gratitude, puis me faufilai sous l'arbre. Les aiguilles griffèrent mes épaules nues alors que je me glissais en dessous, agrippant l'écorce rugueuse.

Je sentais monter en moi de l'inquiétude pour Poséidon, mais je doutais que la neige l'étouffe. La neige, c'était de l'eau, après tout. J'attendis ce qui me sembla être une éternité, mais cela ne dura probablement que quelques minutes, jusqu'à ce que la neige se calme et finisse par s'arrêter. Prudemment, je rampai hors du petit espace.

— Almi ?

La voix de Poséidon parvint jusqu'à moi, puis il fut là, à me tirer sur mes pieds. Le courant d'air chaud s'était évanoui, et je clignai des yeux. Ses cheveux étaient sauvages et balayés par le vent.

— Je me suis cachée de la neige sous l'arbre, dis-je.

Ses yeux se posèrent sur mes cheveux. Il tendit la main

et tira une aiguille de pin blanche d'entre mes mèches folles.

— Il y en a quelques autres, dit-il.

Sa voix avait une douceur que je l'avais seulement entendu utiliser auparavant lorsqu'il parlait de ses sujets.

— Je m'en occuperai plus tard. Tu as le coquillage rouge ?

Il secoua la tête.

— Non. Mais la tempête a révélé un chemin. Tu as le coquillage blanc ?

Je secouai la tête, me retournant vers l'arbre. Comme c'était le seul à être blanc dans ce qui était maintenant une mer d'arbres orange, bleus, verts, jaunes et violets, il se démarquait.

— Tu sais, tu devrais faire une forêt comme celle-ci au Verseau, avec des arbres multicolores, lui dis-je. C'est ce que je ferais, si j'étais un dieu.

Il me contempla un instant, secoua la tête, puis se retourna vers l'arbre blanc. Je l'examinai aussi, à la recherche d'un coquillage, ou d'un chemin.

— Là.

Je suivis le bras pointé de Poséidon jusqu'à la cime de l'arbre. Une coquille de nautile en nacre scintillante était perchée là-haut comme une putain d'étoile de sapin de Noël.

Poséidon tendit sa main, qui brilla pendant une brève seconde avant que la neige ne s'élève du sol en rafale. Elle fondit rapidement et se transforma en un ruban d'eau, puis monta jusqu'à la cime de l'arbre. Lorsqu'elle redescendit, elle déposa le coquillage dans la main de Poséidon, puis retomba sans vie sur le sol gelé.

Je fis de mon mieux pour ne pas avoir l'air impressionné, mais ce simple geste me fit plus convoiter ses pouvoirs que le fait de l'avoir vu faire exploser des requins pourris.

Cela me rappelait tout ce que Lily avait l'habitude de faire avec de l'eau, réalisai-je avec une pointe de tristesse.

Pour la première fois depuis le début de l'Épreuve, son image prit vie dans mon esprit.

Tu te débrouilles bien, dit-elle.

Je hochai la tête, puis tendis la main. Poséidon y laissa tomber le coquillage, puis se détourna bien délibérément alors que je le glissai dans mon soutien-gorge.

— Allons chercher cette coquille rouge, dis-je pour lui faire savoir que j'avais fini.

Il s'éloigna à grands pas à travers la forêt aux couleurs vives sans se retourner, et je roulai des yeux en me dépêchant de le suivre.

ALMI

— Tu sais, tu n'es pas très poli, dis-je à ses agaçantes épaules nues.

— Toi non plus.

Je me hérissai à sa réponse.

— Je suis très polie. Peut-être pas avec toi, mais en général, je ne pars pas à l'improviste pendant que les gens parlent, et je les regarde quand ils s'adressent à moi.

Il me jeta un coup d'œil par-dessus son épaule, avec une petite étincelle de quelque chose qui n'était pas de la colère dans les yeux.

J'avais besoin d'un foutu livre pour déchiffrer ses émotions. Elles étaient littéralement insondables, tant il les contrôlait bien.

Il pointa du doigt alors que nous atteignions un arbre avec des aiguilles de pin de couleur écarlate, et une traînée très délibérée de petites aiguilles rouges qui s'en éloignait, hors du bosquet.

— Ça l'air suspect, dis-je.

— Il ne nous reste qu'une quinzaine de minutes. Nous

avons besoin du coquillage rouge pour quitter cet endroit, et je ne peux pas apparaître et disparaître.

De la tension s'entrelaçait à sa voix.

— Comment Atlas fait-il pour t'empêcher de te téléporter ou de me parler dans ma tête ?

— En acceptant de participer aux Épreuves, nous acceptons aussi les règles, déclara-t-il. Maintenant qu'il contrôle les Épreuves, il nous contrôle.

Je fis une grimace, puis je levai les yeux vers le ciel à travers les arbres.

— Atlas, si tu regardes, tu es un gros con, criai-je.

Quand je baissai les yeux, Poséidon secouait la tête.

— Tu es une vraie gamine, dit-il.

— Eh bien, tu es un vieillard.

Un vieillard vraiment super sexy.

— Tu devrais te comporter comme un gamin, de temps en temps. Ça te plairait peut-être d'être un peu moins sérieux.

— Alors qu'on risque nos vies dans une Épreuve mortelle chronométrée, tu me suggères de railler l'ancien Titan qui nous a mis dans ce pétrin ?

De la colère s'insinuait dans ses paroles.

— Oui.

Il me fixa un instant de plus, puis, à ma grande surprise, renversa la tête en arrière et rugit vers le ciel.

— Atlas, tu es un gràson faible d'esprit.

— Ça va mieux ? lui demandai-je quand il baissa les yeux.

— Pas vraiment. On doit y aller.

Il se retourna pour suivre la traînée d'aiguilles rouges.

— Ça veut dire quoi, gràson ?

— Celui qui sent le bouc.

— Oh. Ça, c'est envoyé ! Tu as déjà envisagé d'utiliser des insultes plus… modernes ?

— Souvent. J'ai été tenté d'en utiliser beaucoup avec toi.

Je lui tirai la langue dans le dos, mais j'étais sûre que, pour la première fois, il plaisantait avec moi. C'était un progrès dans notre relation. Si l'on pouvait décrire les interactions entre nous au cours des derniers jours, ou années, une relation.

Nous suivîmes les aiguilles de pin en silence, le long d'une étendue stérile de terre enneigée en direction de la falaise de glace.

Plus nous marchions pour traverser l'étendue de neige, plus je commençais à m'inquiéter à propos du temps. Il avait été facile d'ignorer cette question pendant que nous étions occupés à courir ou à secouer des arbres aux couleurs amusantes, mais maintenant, je commençais vraiment à ressentir de l'angoisse. Si nous ne trouvions pas la coquille rouge à temps, les autres Olympiens viendraient sûrement chercher Poséidon pour le sortir d'ici ?

— Si on ne trouve pas le coquillage, on pourra trouver un autre chemin du retour ?

— C'est le royaume d'Apollon, Capricorne, et si cette région a été attribuée aux Épreuves, il est tout à fait possible qu'elle soit cachée à la vue du reste de l'Olympe.

La peur m'envahit à ces mots.

— Cachée des autres dieux ?

— Probablement, oui.

— Mais Apollon ne va sûrement pas abandonner un bout de son royaume juste pour que les compétiteurs y restent bloqués pour toujours ?

Poséidon haussa les épaules.

— C'est ce que je ferais. Nos royaumes sont magiques et peuvent abriter beaucoup de choses.

Je secouai la tête, décidant de ne pas demander s'il était éthique de garder n'importe qui prisonnier n'importe où pour l'éternité.

— Kryvo, il nous reste combien de temps ?

— Neuf minutes et cinquante secondes, couina-t-il.

Poséidon me regarda par-dessus son épaule.

— L'étoile de mer connaît l'heure ?

— Oui.

— Combien de temps ?

— Tu ne l'entends pas ?

— Non. Je pouvais l'entendre quand tu l'as collée à moi.

Son expression s'assombrit, et je compris pourquoi Kryvo ne voulait pas répéter l'expérience.

— Neuf minutes, dis-je.

L'éclair d'inquiétude dans les yeux de Poséidon fut suivi par une vive accélération, et je sentis mes propres pieds bouger plus vite.

En arrivant à la falaise un instant plus tard, nous vîmes que la glace avait été creusée, une haute et fine section ayant été retirée pour créer un tunnel dans la glace. Les aiguilles rouges y menaient tout droit. Je ne pus m'empêcher de faire une pause, malgré la pression du temps. Il était impossible de ne pas se représenter l'image des deux énormes morceaux de glace vertigineux se recollant pour nous écraser à mort.

Poséidon s'engagea cependant dans le passage étroit, et j'avalai ma salive, redressai le menton et le suivis. La glace reflétait tellement de lumière qu'il était difficile d'y voir, et je me surpris à plisser les yeux. Non pas qu'il y ait quoi que ce soit à regarder. Sur notre gauche se trouvait le morceau de glace qui retenait le talontaure, et je pus le voir en dessous de nous, sous le niveau de la mer, sombre et légèrement déformé à travers la glace, à cette distance.

La glace sur notre droite était vide, juste un simple bloc d'eau gelée, claire et froide, et scintillante.

Mais était-ce vraiment vide ?

Quelque chose bougeait là-dedans. Quelque chose de petit et de pétillant. Quelque chose de rouge.

— Poséidon !

Il se tourna vers moi, et je pointai du doigt.

— Il n'y rien là-dedans. Il ne faut pas perdre de temps.

Il fit mine de se retourner.

— Je peux voir le coquillage ! Un petit coquillage rouge qui se déplace dans la glace.

Il regarda à nouveau.

— Il n'y rien là-dedans. La piste des aiguilles de pin n'est pas terminée. Il faut qu'on se dépêche.

Il se retourna et se mit à courir à petites foulées.

— Mais…, commençai-je.

Mais quand je regardai à nouveau en direction de la coquille, elle avait disparu.

— Merde, grognai-je avant de courir après le dieu de l'océan.

Un rugissement gronda dans le passage quelques secondes plus tard, et je fis de mon mieux pour ne pas laisser ma peur me figer sur place. Ma première pensée fut que c'était la glace, qui grondait maintenant que les deux colossaux morceaux se rapprochaient. Mais je me rendis vite compte que non. C'était le bruit d'un homme.

— Polybotès, siffla Poséidon devant moi.

Le tunnel était trop étroit pour que deux personnes puissent s'y tenir côte à côte. J'étais derrière lui, donc je ne voyais rien.

— Où ?

— Devant.

— Sans blague, sifflai-je.

— Il y a un trou dans le sol à quelques mètres. Le cri est venu de là-bas.

Effectivement, à quelques mètres, Poséidon ralentit l'allure, puis enjamba un grand trou dans la glace. Du mouvement attira mon attention, et je me tournai vers la droite.

Polybotès était à l'intérieur de la glace. Et bourdonnant autour de lui comme un maudit vif d'or à un match de Quidditch, il y avait la carapace rouge. Il tendait les bras vers elle, mais son corps était restreint dans un espace trop petit pour lui, et il avait un bras coincé contre son flanc.

— C'est un tunnel.

Sans un mot de plus, Poséidon se laissa tomber dans le trou dans la glace. Une seconde plus tard, il apparut à ma droite, à l'intérieur. Même à sa hauteur de sept pieds, il faisait la moitié de la taille du géant. Je le regardai courir vers Polybotès.

Mais ensuite, la carapace rouge cessa de voler autour de la tête du géant et partit vivement dans la direction opposée. Elle fila le long du tunnel, juste devant Poséidon, puis moi, dans le morceau de glace de gauche. Je m'attendais à ce que Poséidon change de direction pour la suivre, mais il continua à avancer vers le géant.

Il ne l'avait pas vue, réalisai-je.

Je regardai le trou, car je savais ce que j'avais à faire, mais n'était pas disposée à le faire.

— On pourrait se cacher ? proposa Kryvo.

— On est à l'intérieur d'un énorme bloc de glace transparent, lui dis-je. Littéralement le pire endroit au monde où se cacher.

— Je protesterais s'il ne te restait pas quatre minutes et demie.

— Merde.

Avec une prière rapide, je me laissai tomber dans le tunnel.

ALMI

Il ne faisait pas plus froid dans le tunnel, mais la surface sous mes sandales me sembla plus glissante alors que je courais après le coquillage rouge volant. Cela ne prit que quelques secondes avant que je me sente mal à l'aise. Une impression de claustrophobie s'empara de moi quand je me rendis compte que je ne saurais pas revenir sur mes pas si je me perdais. Je tournai sur moi-même, essayant d'apercevoir Poséidon, et je repérai sa forme sombre à travers le bloc clair derrière moi, aux prises avec le géant. Étaient-ils en train de se battre ? J'étais trop loin pour y voir clair.

— Poséidon ! criai-je. La coquille est par ici !

Comme à mon signal, le coquillage passa devant mes yeux, à une proximité alléchante. Je tendis la main vers lui, refermant mon poing sur de l'air vide, à quelques centimètres de ma cible.

— Bon sang !

Je le poursuivis alors qu'il s'éloignait, si déterminée à le suivre que je réalisai seulement où j'allais au moment où la lumière changea.

Le talontaure.

J'étais juste au-dessus, réalisai-je quand une forme sombre emplit la glace en dessous de moi. Je ralentis, regardant vers le bas, et le sang dans mes veines était aussi froid que la glace qui m'entourait.

Sa tête était relevée et son œil fixé sur moi. L'une de ses pattes de crabe creusait dans la glace, droit vers le tunnel où je me tenais.

— Almi, entendis-je dire la voix de Poséidon.

Je me retournai avec gratitude en le voyant courir vers moi dans le tunnel.

— La coquille est quelque part ici, haletai-je.

— On doit s'éloigner du talontaure. Tout de suite.

— On doit trouver la coquille !

Poséidon arriva jusqu'à moi, et je pus voir de la pierre serpenter sur tout le côté gauche de son torse, et remonter le long de son cou et de sa mâchoire. Un éclair de peur pulsa en moi. Un craquement retentit et nous baissâmes tous les deux les yeux. La patte griffue s'était rapprochée sous la glace.

— C'est un piège, grogna Poséidon.

— Toute cette putain d'Épreuve est un piège, maintenant aide-moi à récupérer la coquille rouge !

Celle-ci siffla entre nous à ces mots, comme pour nous narguer. Je tendis la main en même temps que Poséidon. Il fut plus rapide, mais pas assez. Il y eut un beuglement, et ce mouvement me fit regarder par-dessus l'épaule de Poséidon. Polybotès descendait lourdement le tunnel dans notre direction.

— Allez !

Nous nous lançâmes à la poursuite du coquillage rouge, qui accéléra l'allure, voletant à portée de main à plusieurs reprises, mais toujours plus rapide que nous.

— Essaye de l'attraper avec ton eau, criai-je.

Poséidon envoya un ruban aqueux au-dessus de ma tête directement sur la coquille, mais ce fut comme s'il avait heurté une barrière étanche, et le liquide se dissipa dès qu'il eut touché sa cible. Il s'écrasa par terre devant moi, et je fus trop lente pour éviter la flaque. Mon pied glissa, et mon cœur fit un bond lorsque je perdis pied. Je heurtai la glace durement, lâchant accidentellement la toge de Poséidon, et mon élan me fit glisser sur mes jupes le long du tunnel.

Il y eut un autre craquement alors que je grattais la glace, essayant de ralentir mon dérapage. Une longue griffe noire transperça la glace devant moi.

Le talontaure s'était libéré.

— Merde ! criai-je, tournant sur mes fesses, mais sans ralentir ma glissade vers la griffe.

Un rugissement résonna à travers la glace, celui-ci venant bel et bien du monstre, et des fissures commencèrent à apparaître sous mes mains. Je tentai d'y enfoncer les doigts, et le coquillage rouge passa devant ma figure. Je restai un moment paralysée par l'indécision, à me demander s'il fallait que je plonge pour l'attraper, puis le monde s'effondra sous moi.

Ce fut un tel choc que je ne pus même pas crier. La glace sur laquelle j'étais en train de glisser avait disparu, se brisant autour de moi. Je dégringolai dans les airs, tordant le corps pour voir exactement où j'allais.

Une pure terreur m'envahit quand je vis la gueule ouverte du monstre. Poséidon ne pouvait plus vaincre cette chose sans se transformer en pierre.

Quelque chose me heurta dans le ventre, puis ma chute s'arrêta.

Un jet d'eau serpentait autour de ma taille et me soulevait. La coquille rouge siffla à nouveau devant ma figure, et la créature renversa la tête, prête à claquer des mâchoires.

— Soixante secondes, s'écria Kryvo, sa voix à peine audible par-dessus le bruit de mon cœur battant.

— Merde !

Je tendis la main vers le coquillage, le corps crispé de fureur et de désespoir, et pulsant d'adrénaline.

L'eau qui me retenait perdit de sa fermeté, et je levai les yeux pour voir Polybotès asséner un puissant coup de poing à Poséidon.

— Connard de coquillage ! Viens là ! S'il te plaît, s'il te plaît, s'il te plaît, viens là !

Je tendis le bras alors que je dégringolais à nouveau, et à mon plus grand étonnement, quelque chose jaillit de ma main agitée.

Je sentis une impulsion d'énergie, et un courant d'air scintillant coula de ma paume pour s'enrouler autour de la coquille. Le petit objet rouge ralentit aussitôt, puis revint vers ma main.

— Poséidon ! criai-je quand le coquillage atterrit dans ma paume. Je l'ai. Saute !

L'eau se resserra autour de moi, et sans hésitation, le dieu de la mer sauta du tunnel. Il se laissa tomber dans les airs vers moi, faisant remonter la corde aqueuse pour que j'aille à sa rencontre.

Mais Polybotès sauta aussi. Poséidon arriva jusqu'à moi dans les airs, m'attrapa par la main et me tira vers lui, juste au moment Polybotès parvenait aussi jusqu'à nous. Il s'enroula autour des jambes de Poséidon, beaucoup trop lourd, et ensemble, nous tombâmes rapidement.

— Sors-nous d'ici ! hurlai-je à la coquille alors que nous dégringolions vers les mâchoires ouvertes du talontaure.

ALMI

Je percutai quelque chose de solide, puis sentis le poids de Poséidon sur moi. Tout l'air déserta mes poumons. J'eus le souffle coupé et hoquetai à la recherche d'une goulée d'air, mais aucune ne vint.

Tu es juste essoufflée. Pas de panique, dit la voix de Perséphone dans ma tête.

Des mains me tirèrent par les épaules, et je vis alors qu'on m'aidait à me remettre debout. Nous étions dans la cour de Poséidon, avec une foule de personnes de l'autre côté des portes qui agitaient des drapeaux, applaudissaient et criaient. Perséphone se tenait auprès de Galatée et de ses gardes devant la grille en fer, et elle m'adressa un sourire encourageant ainsi qu'un petit pouce en l'air lorsque je croisai son regard.

La voix d'Atlas retentit.

— L'heure est écoulée, pour tous nos concurrents. Nous compterons les coquillages lors du bal auquel Apollon nous convie gracieusement ce soir. Utilisez ce temps pour vous reposer, compétiteurs, car vous n'aurez guère d'autres occasions de le faire.

J'aspirai de l'air qui me sembla trop épais quand je me serrai la poitrine, l'esprit en roue libre. Le sol trembla, et je me retournai, hébétée, pour voir Polybotès se relever en titubant. Les yeux du géant croisèrent les miens, puis se posèrent sur mon poing fermé.

— J'ai bien failli rester là-bas jusqu'à la mort, dit-il de sa voix grondante et tendue.

Je pouvais à peine respirer, encore moins lui répondre.

— Bien joué, dit-il, ce qui me fit hausser les sourcils de surprise. Si tu n'avais pas attrapé la coquille rouge, on serait tous dans le ventre du talontaure.

Avec un petit hochement de tête, il se dirigea vers le palais.

— Bien joué, en effet.

Quand je me retournai vers Poséidon, il y avait une lumière sur son visage que je n'avais jamais vue auparavant, et je me sentis faible pour tout un tas de nouvelles raisons.

— Il faut qu'on parle. Tout de suite.

Je hochai la tête en silence et pris sa main tendue.

Je ne fus pas du tout surprise de me retrouver au niveau inférieur des écuries des pégases lorsque la lumière s'éteignit.

Le vent chaud de l'océan souffla sur mon visage, et j'eus enfin l'impression de pouvoir respirer correctement. Je fermai les yeux, prenant une inspiration aussi longue que possible, avant de les rouvrir et de me concentrer sur Poséidon alors que je laissais échapper l'air. L'océan au-delà de la tour était calme, et le doux clapotis des vagues et les chants d'oiseaux apaisaient mon cerveau en roue libre.

— J'ai fait de la magie.

Les yeux de Poséidon dansaient d'une lueur bleue quand il répondit :

— Oui.

— Comment ?

Il baissa les yeux sur ma poitrine, et je fis de même. La couleur turquoise au milieu de ma coquille s'était propagée, devenant verte à mesure que la couleur se frayait un chemin vers l'extérieur.

— Tes pouvoirs s'éveillent.

Toute l'adrénaline qui s'était dissipée revint en force quand je pressai les doigts sur mon tatouage.

— Je pourrai contrôler l'eau, maintenant ?

Poséidon secoua la tête. Ses épaules nues étaient tendues, mais je ne pensais pas que c'était à cause de la colère ou du contrôle trop sévère qu'il s'imposait à lui-même, cette fois.

— Non. Pas l'eau. Almi. C'était de la magie *de l'air*.

Je le regardai.

— Quoi ?

— J'ai senti le pouvoir que tu as utilisé, et ce n'était pas celui de l'eau.

— Mais… je suis une nymphe de la mer. Comme Lily. Elle avait de la magie aquatique.

— Eh bien, pas toi. Ces bulles qui te donnent de l'air pour respirer ? Je pense que c'est toi qui as fait ça. La signature magique était la même.

Ma bouche s'ouvrit.

— J'ai fait des bulles ?

— Oui. Je pense que oui.

— Non, non, ça ne peut pas être vrai.

En moi, la confusion faisait la guerre à l'excitation. De

la magie de n'importe quel type, c'était un putain de cadeau. Mais j'étais une nymphe de la mer, une créature de l'océan, une citoyenne du Verseau. Ma place était dans l'eau, non ?

— Almi … Est-ce que tu te rends compte que tu es la raison pour laquelle nous sommes tous les deux ici ? Polybotès avait raison de te remercier. Tu nous as tous sauvés.

Son regard me transperça et je réalisai quelle était la nouvelle émotion que je voyais sur son visage.

Du respect.

— Je suis… euh… juste meilleure que toi pour repérer les trucs rouges, j'imagine, dis-je maladroitement.

— Tu n'as peur de rien.

Je ricanai avant de pouvoir m'en empêcher.

— Sans déconner ! J'ai eu une peur bleue tout le temps.

— Pourtant, tu as tout affronté. Et tu as puisé dans un pouvoir que tu ignorais posséder.

Il s'avança vers moi, des vagues commençant à rouler sur ses iris.

— L'Oracle ne se trompe jamais.

— Quel rapport avec l'Oracle ?

L'intensité de son expression diminua, et il cligna des yeux.

— Rien. Il faut qu'on teste ta magie.

Sa voix était de nouveau plate, son émerveillement tranquille avait disparu, et il recula.

Une grande partie de moi avait espéré qu'il irait jusqu'au bout, comblerait l'écart et me rappellerait ce torrent de passion et de pouvoir qu'il avait en lui.

— Le tester comment ?

— Viens.

Je le suivis sur les marches menant aux enclos des pégases.

— Bleu ? appelai-je au moment où nous émergeâmes sur la plate-forme supérieure.

J'entendis des bruits de sabots, puis Bleu poussa du nez contre la porte de sa stalle.

— Je suis si contente de te voir, dis-je alors qu'il trottait vers moi.

Ses ailes dorées frémirent quand il se blottit contre moi, et je passai ma main sur son long museau, glissant mes doigts dans sa crinière bleue.

— Mes cheveux devraient être de cette couleur, murmurai-je.

J'avais un peu l'impression d'être dans un rêve. Je n'avais pas encore ressenti le contrecoup de ce que j'avais fait pendant l'Épreuve de la glace, même si je savais que Poséidon avait raison. J'avais attrapé la coquille rouge. Sans moi, nous ne serions pas sortis de là.

Mais c'était la façon dont j'avais attrapé le coquillage qui provoquait cette impression de brume surnaturelle qui bourdonnait dans mon esprit.

De la magie. Enfin, après si longtemps, j'avais fait de la magie.

Mais ce n'était pas le bon type de magie.

— Ton affinité avec lui et le vaisseau pourrait s'expliquer par la magie de l'air, déclara Poséidon en montrant Bleu du menton.

Je me tournai vers le dieu, haussant les sourcils d'un air interrogateur, hésitant à lâcher le pégase. Kryvo me donnait plus de réconfort que je n'aurais jamais pu l'imaginer venant d'une petite étoile de mer visqueuse, mais la solidité et la chaleur de Bleu en cet instant-là étaient ce dont j'avais besoin.

Mais bon, ce que je voulais *vraiment*, c'était la solidité et la chaleur du dieu de la mer renfrogné qui s'était visiblement mis en tête de renverser tout mon univers. Mais comme il ne se proposait pas, le cheval volant ferait l'affaire.

— Comment est-ce possible que je fasse de la magie de l'air ?

— Je ne sais pas. Mais cela expliquerait pourquoi tes pouvoirs ne se sont pas éveillés après que tu as vécu sous l'eau pendant si longtemps.

Je lui décochai un regard noir, quand près d'une décennie de ressentiment refit surface contre ma volonté.

— Vécu sous l'eau pendant si longtemps ? répétai-je avec colère. J'ai vécu dans le putain de monde humain pendant si longtemps, grâce à toi. À ton avis, comment j'allais réveiller ma magie, là-bas ?

Il fronça à son tour des sourcils.

— Le fait est que si tu as de la magie maintenant, nous pouvons l'utiliser.

— Nous ? Ah ouais…

Je me retournai vers le pégase, enfouissant mon visage dans son cou.

Du calme, Almi, me dis-je. *Ce n'est pas le moment de s'énerver.*

Tu as raison. Ce n'est pas le moment, dit Lily qui montra son visage de force dans ma tête. *Tu as été incroyable là-bas, Almi. Et maintenant, tu as de la magie. Il faut qu'il t'aide le plus possible, avant le début de la prochaine Épreuve.*

Je respirai l'odeur équine de Bleu, et il hennit doucement.

— Comment puis-je l'utiliser ? dis-je, aussi calmement que possible, en me retournant vers Poséidon.

Ses yeux étaient durs, mais il me répondit.

— Sens le vent.

— Je sens toujours le vent.

Alors même que je prononçais ces mots, je réalisai à quel point ils étaient vrais. J'avais toujours mis cette affinité sur le compte de ma légère claustrophobie – ce besoin constant de sentir l'air frais. Et si c'était plus que ça ?

— Bon. Utilise-le.

Je lui jetai un coup d'œil.

— Utilise-le ? Juste comme ça ?

— Tu l'as fait dans la glace.

— On était sur le point de mourir dans la glace. Comme quand les bulles sont arrivées… J'étais sur le point de me noyer. Et si je ne pouvais faire de la magie qu'au moment je suis littéralement sur le point de mourir ?

Poséidon haussa les épaules.

— Alors tu risques moins de mourir.

Je laissai échapper un long soupir.

— Ça ne m'aide pas. C'est vrai, mais ça ne m'aide pas.

— Je ne suis pas d'accord. Quand est-il plus utile de faire de la magie qu'aux portes de la mort ?

Je lui lançai un regard noir.

— Tu as parlé de tester ma magie ?

Il tendit la main. Avec une faible lueur, une plume apparut dans sa paume. C'était une plume simple, grande et blanche. Je m'attendis à ce que la brise océanique l'emporte, mais elle resta exactement là où elle était.

— Soulève la plume. Avec de la magie.

Je m'éloignai de Bleu.

— Comment ?

— Concentre-toi, dit-il.

— Tu es un très mauvais enseignant, marmonnai-je.

La voix couinante de Kryvo me parvint.

— Il a raison, Almi. Je pense que tu as fait les bulles toi-même. C'est la magie de l'air. Tu devrais essayer de l'utiliser maintenant.

— Tu n'as rien de mieux à dire que « concentre-toi » ? lui demandai-je à voix basse.

Pas assez basse pour que Poséidon ne puisse pas m'entendre, et je vis son visage passer de la confusion à l'incrédulité lorsqu'il réalisa que je parlais à l'étoile de mer collée à ma clavicule.

— Oui. J'ai regardé des peintures pour avoir des références sur la magie de l'air depuis que Poséidon en a parlé. Il faut que tu t'imagines entourée par l'élément auquel tu es connectée, puis que tu évoques suffisamment d'émotion pour qu'il réponde. Une fois qu'il est là, tu devrais pouvoir lui faire faire ce que tu veux.

Je pris une profonde inspiration.

— Bon. Je peux faire ça.

Je fermai les yeux et fis de mon mieux pour sentir la brise sur ma peau. J'ouvris grand les bras, en essayant de ne pas me sentir bête, mais en vain.

— Concentre-toi, marmonnai-je.

Le problème, c'est que j'étais tellement habituée à l'eau, à y penser, à la voir, à chercher un lien avec elle, que je n'avais pas passé assez de temps à penser à l'air pour savoir quoi faire.

Je conjurai l'image d'une tornade dans ma tête, la chose la plus aérienne à laquelle je pouvais penser.

À peine quelques secondes après que j'eus retenu cette idée, la tornade avait pris vie. Je sentis l'air me fouetter d'abord les bras, puis les jambes, puis tout le corps, me soulever la jupe et cingler sur mes joues. Quand j'ouvris les yeux, je m'attendais à ce que la sensation imaginaire disparaisse, mais à mon grand étonnement, mes cheveux *claquaient* autour de mon visage, et quand je baissai les yeux, ma jupe volait autour de mes cuisses. Cependant, rien d'autre ne bougeait dans les écuries, car la rafale de vent était confinée autour de moi.

Je laissai échapper un aboiement de joie et je vis un éclair d'émotion sur le visage de Poséidon. Il tendit sa paume.

— Soulève la plume.

Je regardai la plume blanche. *Pourrais-tu, s'il te plaît, soulever la plume ?* demandai-je au vent qui tourbillonnait autour de moi. Un filet d'air prit vie, scintillant d'un bleu verdâtre, puis se dirigea vers la plume. Avant que je ne puisse lui ordonner de faire quoi que ce soit d'autre, il souleva la plume de la paume de Poséidon et la jeta hors des écuries, dans l'océan en contrebas. Ma mâchoire se décrocha quand le courant d'air exécuta une petite danse de la victoire autour de la tête de Poséidon, soulevant de ses épaules ses cheveux argentés, puis rejoignit la tornade qui tourbillonnait autour de moi.

Oh là là. Il semblerait que ma magie avait un côté rebelle qui surpassait le mien.

ALMI

— *Oh !*

Mon interjection jaillit alors que l'air me tournait autour dans une dernière rafale, puis s'évanouit, retournant à la brise de l'océan.

— De la magie de l'air, déclara Poséidon en expirant.

— De la magie de l'air, répétai-je.

J'étais parcourue de sensations fortes, et un sentiment semblable à aucun autre commençait à se frayer un chemin à travers tout ce chaos interne et cette fatigue. Un sentiment de justesse, un sentiment d'espérance. Et pas un sentiment né du désespoir, contrairement à l'espoir qui m'avait soutenue toute ma vie, mais d'une croyance vraie et sincère.

Quand je levai les yeux vers Poséidon, je réalisai que j'avais eu un aperçu fugace de ce sentiment auparavant, il y avait de cela tout juste un jour. Debout sur le pont du navire, quand j'avais contemplé le dieu.

Peut-être que ce n'était pas lui qui m'avait semblé à sa place. Peut-être que c'était *moi*, debout sur le pont d'un navire qui volait dans les airs. Un navire libéré de l'emprise de la terre et de l'océan, conçu pour voguer dans le ciel. J'eus presque le vertige en y pensant.

Un autre long souffle d'air échappa à Poséidon, et ses yeux avaient pris la même intensité sauvage que la dernière fois que nous nous étions retrouvés dans les écuries. Mais cette fois-là, je l'avais énervé.

— Tu veux aller faire un tour ? demandai-je, la question quittant mes lèvres sans y être invitée.

Soudain, tout ce que je désirais, c'était sentir le souffle du vent sur mon visage, la liberté illimitée de planer dans le ciel, comme la veille sur le bateau, mais avec cette nouvelle appréciation qui pulsait en moi.

Je ne m'attendais pas à ce qu'il dise oui. Mais il tendit sa main vers la petite flûte de son baudrier en cuir, la dégagea, puis souffla dedans. Un sifflement strident et faux résonna dans l'air, et Bleu tapa du pied.

Quelques secondes plus tard, le bruit de sabots heurtant le plancher en bois me fit pivoter.

Un autre pégase avait atterri, et mon souffle se coupa.

Elle était d'or pur. Pas seulement ses ailes, comme celles de Bleu, mais tout son corps – la crinière, la queue, et tout. Mais elle semblait en apesanteur, ses mouvements souples si magnifiquement gracieux.

— Oh mon dieu, elle est magnifique.

— Elle l'est. Elle s'appelle Chrysos.

La voix de Poséidon était douce, et j'arrachai mes yeux du pégase doré pour le regarder.

L'envie d'aller vers lui était presque insupportable.

Comment un homme pouvait-il être si dur, et pourtant avoir une tendresse envers ces créatures qui le transformait en quelque chose de totalement différent ? Pas en quelqu'un de doux, assurément. Mais… autre chose.

Avant que je ne puisse réfréner mes pulsions inappropriées, il marcha vers Chrysos, frottant sa main sur son encolure, puis sautant sur son dos comme un putain de pro.

— Tu voulais faire un tour.

Ses yeux croisèrent les miens avec défi, et une étincelle qui n'avait rien de contrôlable du tout.

Une délicieuse excitation monta en moi.

— Comment je monte ? demandai-je en regardant Bleu.

De nulle part, une rafale de vent souffla derrière moi, et je sus ce qu'elle voulait que je fasse. Je tendis la main, saisis l'encolure de Bleu, et dès que j'eus sauté, le vent fit le reste. Il me souleva facilement, me glissant sur le dos du pégase comme si j'avais fait tout le travail moi-même.

Je regardai Poséidon avec joie, et le coin de sa bouche se recourba légèrement.

— Tu penses pouvoir suivre ?

— Tu parles, Charles.

Bleu bondit vers le bord des écuries, et un cri ravi jaillit de ma poitrine alors qu'il s'élançait dans les airs. Ma jupe s'envola, gonflant comme une voile, puis se colla à mes jambes tandis que le pégase plongeait vers les vagues.

Le vent déferla sur mon visage, piquant et fort, et tellement plus énergique qu'il ne m'avait jamais semblé auparavant.

De l'or fusa à côté de moi, et je regardai avec admiration le pégase doré plonger directement dans la mer. Elle glissa sous la surface, son pelage doré luisant et les cheveux argentés de Poséidon visibles sous les vagues alors que Bleu galopait avec eux, le sel dans l'air tangible dans les embruns de l'océan.

Poséidon et Chrysos jaillirent de l'eau, suivis d'un jet qui tourbillonna autour d'eux alors qu'ils s'élevaient.

— Allez, Bleu, lui dis-je.

Il battit des ailes, se précipitant derrière eux. Des nuages aux couleurs pastel peuplaient le ciel, des roses corail et des jaunes doux se mêlant aux lavandes pâles et aux pêches. Plus on montait, plus je voyais éclater des bulles d'air pétillant, qui sifflaient comme des étoiles filantes.

Je tenais fermement la crinière de Bleu, mes cuisses serrées autour de ses hanches, mais je n'avais pas peur de tomber.

Je poussai Bleu à dépasser Poséidon, puis je conjurai l'image de la tornade. Le vent se précipita vers moi, et je lui fis ma demande.

Emmène-nous plus haut.

Il y eut un souffle d'air chaud, puis j'entendis un cri de Poséidon.

Avec une pointe de vitesse qui suscita un hennissement des deux pégases, nous fûmes emportés vers le haut.

Le vent tourbillonna autour de nous, balayant les nuages calmes et mettant les chevaux volants face à face.

Mes yeux se fixèrent sur Poséidon, et mon pouls accéléra tandis que la chaleur me submergeait.

Une joie débridée était inscrite sur chaque centimètre de son visage. Il ne restait plus aucune trace de contrôle, et ses muscles gonflaient alors qu'il se cramponnait à Chrysos, sa tête renversée en arrière, ses cheveux fouettant son visage, tout son corps rayonnant de vie.

Fais-nous descendre, demandai-je au vent, et je serrai Bleu plus fort.

— Accroche-toi ! criai-je.

Puis nous chutâmes dans le ciel comme des boulets de canon.

Comme pour jouer le jeu, Bleu et Chrysos rentrèrent leurs ailes, accélérant encore notre chute. Alors que nous plongions vers la mer, je sentis m'envahir une nouvelle montée d'adrénaline, au souvenir récent de tomber dans les mâchoires béantes d'une mort certaine et inévitable.

Alors que nous approchions de l'eau, je réalisai que Bleu ne s'arrêtait pas. Je pris une inspiration, puis je conjurai les bulles alors que nous plongions dans la mer.

Elles surgirent autour de ma tête alors que nous nous enfoncions dans l'eau, Bleu et Chrysos s'arrêtant pour que nous restions près de la surface. Chrysos poussait durement sur ses jambes, comme si elle galopait sur la terre ferme, et je supposai que Bleu faisait de même. Elle pivota, se tordant de manière à renverser son cavalier, et Poséidon se pressa contre son encolure.

Bleu fit de même, et le rire quitta mes lèvres, jusqu'à ce que je voie la vue. Être à l'envers, ça signifiait que je regardais maintenant vers le bas, et devant nous s'étendait le Verseau.

Les centaines de dômes dorés interconnectés brillaient en dessous de nous, de grands bâtiments et de hautes tours effleurant la surface, à peine visibles. Il y avait des dizaines d'animaux, des baleines et des dauphins, et des tortues et des raies, et des anguilles et de nombreuses autres créatures trop petites pour que je puisse les distinguer, qui se déplaçaient autour des dômes.

Bleu se redressa alors que nous dépassions la tour des écuries du palais, me faisant basculer à nouveau dans le bon sens avant de surgir à travers les vagues, de retour dans le ciel.

J'étais essoufflée d'excitation lorsqu'il battit des ailes, nous emportant plus haut, et je ressentis une pointe de déception lorsqu'il se dirigea vers les écuries.

Il nous posa, et Poséidon et Chrysos atterrirent juste après nous.

Je glissai de son dos, mes jambes de plomb et mes mains tremblantes.

— Merci, Bleu. C'était incroyable.

J'étais à nouveau mouillée, ma jupe lourde autour de mes jambes et mes cheveux froids sur mes épaules nues.

Je sentis une chaleur dans mon dos et je me retournai vers Poséidon. Il semblait plus vivant que je ne l'avais jamais vu.

— Il faut que tu te reposes, dit-il en voyant à quel point je titubais.

— Sans doute. Je peux avoir d'autres de ces flacons ?

Il tendit son autre main, avec deux fioles dedans.

— Puis-je avoir les coquilles ?

Je hochai la tête et les sortis de mon soutien-gorge. Son regard se fixa sur ma poitrine, et sa mâchoire se crispa. Je laissai tomber les coquillages dans sa paume, ramassant les fioles à la place.

— Un échange équitable, souris-je.

— Almi…, commença-t-il avec une tension dans sa voix qui ne correspondait pas à l'agitation dans ses yeux. Pourquoi es-tu revenue ?

Ma propre joie s'effondra.

— Je te l'ai dit. Pour sauver Lily.

— Comment avais-tu prévu de faire ça ?

Je déglutis. Fallait-il le lui dire ? Était-ce le bon moment ?

— Je… j'ai entendu parler d'un endroit qui avait des pouvoirs de guérison. Je voulais essayer de le trouver.

— Quel endroit ?

Je me mordis la lèvre.

— L'Atlantide.

Ses yeux s'assombrirent aussitôt, et son dos se raidit.

— La fontaine de Zoi, murmura-t-il doucement.

— Oui.

Il me dévisagea.

— Je ne sais pas du tout comment tu as découvert son

existence, mais si tu la connais, je suppose que tu sais aussi que j'en suis le gardien ?

Je hochai la tête. Sa mâchoire se contracta.

— C'est pour ça que tu es venue au palais ?

— Oui.

— Tu t'es dit, quoi, que tu allais me séduire pour que je t'emmène en voyage dans les profondeurs abyssales de l'océan ?

— Non. Je comptais voler ton vaisseau.

Sa bouche s'ouvrit.

— Tu es incroyable.

Je résistai à l'envie de répondre quelque chose de sarcastique.

— Tu as essayé d'utiliser la fontaine ?

— Je ne sais pas d'où tu tiens tes informations, mais l'Atlantide n'est plus accessible.

Sa voix était devenue dure, et pour la première fois depuis la fin de l'Épreuve, je vis des vrilles de pierre zébrer sur ses côtes.

— Quoi ?

— Ce n'est pas une option, grogna-t-il.

— Mais le livre a dit que ça pouvait guérir n'importe quoi. Ça pourrait réveiller Lily et guérir la pierre. Il faut essayer !

Je sentais un nouvel espoir fleurir en moi à l'idée qu'il n'avait pas encore essayé d'utiliser la fontaine de Zoi. Cela pouvait encore être la réponse.

— L'Oracle a dit que le cœur de l'océan était le seul moyen de guérir le fléau de la pierre, déclara-t-il en croisant les bras sur sa poitrine.

— On ne sait même pas ce que c'est, cette connerie de cœur de l'océan ! Et puis, cette histoire de maladie du sommeil ?

— L'Oracle a dit que ta sœur dormirait jusqu'à ce que

les dieux pleurent. Pas avant que tu n'aies voyagé dans un royaume mortel et caché depuis longtemps, siffla-t-il.

— Eh bien, à moins que tu ne veuilles bien me dire comment je suis censée faire pleurer un dieu, trouve-moi un meilleur plan.

Je lui décochai un regard noir, et une rafale de vent fouetta autour de nous. Bleu et Chrysos reculèrent tous deux.

— Ton pouvoir s'éveille. Nous découvrirons peut-être bientôt ce qu'est le cœur de l'océan, déclara-t-il. C'est le plan.

— C'est un plan de merde, lança-je.

De la colère brilla dans ses yeux, et le ciel s'assombrit autour de la tour.

— Il nous faut gagner ces maudites Épreuves, puis nous guérirons le fléau. Ne présume pas que tu en sais plus qu'un Olympien.

— Pourquoi diable crois-tu en savoir plus que moi sur les Néréides et le putain de cœur de l'océan ? Je te dis qu'on n'a pas le temps d'attendre que ce cœur apparaisse comme par magie !

— Cette conversation est terminée, gronda-t-il.

— N'essaye même pas de…

Mais c'était trop tard. Avant que je ne puisse commencer à lui dire ce que j'allais lui faire s'il me téléportait, je me retrouvai debout dans ma chambre, trempée et furieuse.

POSÉIDON

$\mathcal{E}$lle se rapprochait trop.

Son visage quand elle avait donné vie au vent… Putain, j'avais bien failli renoncer à une décennie de discipline.

C'était une force de la nature, sans aucun putain de contrôle.

J'avais besoin d'elle comme j'avais besoin d'eau.

J'avais envie d'elle comme je n'avais jamais désiré auparavant.

Pas seulement sa caresse, son baiser, son corps. Mais cette ténacité débridée, son courage farouche. Elle était plus que je ne l'avais jamais imaginé, à tous les points de vue. Et je ne pouvais pas plus la voir apprivoiser ses pouvoirs que je ne pouvais la voir mourir.

Je l'avais regardée tous les jours pendant huit ans. J'avais vu ses larmes. Son chagrin. Sa solitude.

Je savais ce qu'elle avait pensé de moi. Elle me croyait froid, dur, cruel. Merde, le monde croyait la même chose.

Mais elle commençait à voir la vérité. Chaque fois qu'elle me regardait, chaque fois qu'elle touchait ma peau, chaque fois qu'elle éveillait ma putain d'âme...

Comment pouvais-je être aussi stupide ?

Il fallait que ça s'arrête.

Cela ne pouvait pas continuer.

Ou elle serait notre mort à tous les deux.

ALMI

Je lissai ma robe, en essayant de ne pas grincer des dents.

— Est-ce que ça va ? demanda Mov. Vous n'aimez pas la robe ?

— J'adore la robe, leur dis-je en tâchant de sourire. C'est juste que je préfèrerais porter un pantalon et un t-shirt.

Ils me regardèrent d'un air renfrogné, avant de contrôler leurs traits.

— Qui choisirait un pantalon plutôt que ça ? demanda Mov en montrant le miroir.

Mon reflet montrait une robe rouge moulante, avec une fente suffisamment haute sur la jambe gauche pour que je puisse seulement courir en cas d'urgence. Elle avait des manches bouffantes et un décolleté en forme de cœur, juste assez bas pour montrer mon tatouage de coquillage qui se colorait. Mes cheveux violets étaient maintenant beaucoup plus bleus et avaient été tressés en queue de poisson, la natte placée stratégiquement sur mon épaule, et tombant presque jusqu'à ma taille. Kryvo était, bien sûr, du côté qui n'était pas masqué par mes cheveux.

— C'est charmant, rassurai-je Mov. C'est juste que, la dernière fois que j'ai mis une robe, je ne m'attendais pas à tout de suite me mettre à nager, courir, tomber et une tonne d'autres conneries, dedans. Ç'aurait été plus facile en pantalon.

— Pensez-vous qu'il vous faudra probablement concourir dans cette robe ? demandèrent-elles en fronçant les sourcils.

— Je n'exclus rien.

Mov porta pensivement un doigt à ses lèvres. Elles disparurent dans un placard, puis en ressortirent un instant plus tard, avec une ceinture en cuir noir trop petite pour la taille d'une personne normale.

— On peut vous attacher une arme à la cuisse ?

Des images de femmes badass et sexy dans des films d'espionnage inondèrent mon cerveau, et je hochai la tête avec enthousiasme.

— Oui. Faisons ça.

J'avais écrasé mon oreiller en rentrant dans ma chambre. Pas avant d'avoir hurlé de rage sous la douche à propos de l'indifférence de Poséidon à l'égard de la fontaine de l'At-lantide. Mais la colère, en plus de tout le reste, avait rapidement consommé toute mon énergie, et j'avais dormi longtemps et profondément.

Je m'étais réveillée encore énervée. Et pas seulement contre Poséidon.

Ce qui m'énervait le plus, c'était Atlas.

Atlas et ces putains de conneries d'Épreuves.

Je faisais de la magie, maintenant. Une magie que je ne savais pas vraiment contrôler ou dont je ne savais pas quoi faire, mais j'en faisais. Elle m'aidait. Elle avait sauvé ma putain de vie. J'étais enfin prête, j'avais enfin une vraie chance de faire quelque chose d'utile pour une fois, et j'étais coincée à affronter une horde de monstres mortels pour le divertissement d'un dieu soupe au lait, au lieu de sauver Lily.

— Je me demande ce que Poséidon a fait à la femme d'Atlas ? dis-je, réfléchissant à haute voix tandis que les nymphes s'affairaient dans le placard.

Plus mes sentiments confus tournaient autour du dieu de l'océan, plus j'avais envie de connaître la réponse à cette question.

J'avais un lien avec Poséidon et fondamentalement du mal à croire qu'il soit cruel ou méchant. Dur, parfois malavisé, et un tantinet impitoyable peut-être. Mais un manque de pitié n'était pas la même chose que la cruauté. La miséricorde, ça pouvait s'apprendre. Ou se gagner. La cruauté était inhérente. Dans le sang. Irréparable.

La voix de Kryvo me parvint.

— J'ai trouvé quelque chose dans le palais, à propos d'Atlas.

— À propos de sa femme ?

Mon pouls s'accéléra.

— Oui. Tu veux voir ?

— Absolument.

Ma vision se voila, puis je me retrouvai à regarder un plafond en forme de dôme, dont la fresque minutieusement détaillée représentait ce qui ressemblait à un mariage.

Le mariage d'Atlas, réalisai-je en regardant le marié. Héra se tenait devant eux à l'autel, sa peau foncée et sa coiffe couleur paon éclatantes dans le tableau. Je balayai du regard les rangées de convives et repérai immédiatement Poséidon. Zeus était à ses côtés, et même dans le tableau, il avait l'air de s'ennuyer. Sur le côté droit de l'image se trouvaient des dieux qui n'étaient pas des Olympiens. Des Titans. Cela devait donc se dérouler avant la Titanomachie – la guerre qui avait divisé les grands dieux.

Bon sang, cela signifiait que, quoi qu'il se soit passé entre eux, cela s'était produit il y avait de cela longtemps.

Je regardai Poséidon, remarquant ses poings serrés et son expression maussade. Cela ne signifiait peut-être rien, cependant, car je ne m'attendais pas à ce qu'il soit du genre fêtard.

La vision s'estompa, et je ravalai ma déception.

— C'est tout ce qu'il y a ?

— Je peux continuer à chercher.

Kryvo semblait déçu, et je m'empressai de le consoler.

— C'était génial, m'enthousiasmais-je. J'aimerais juste qu'on sache ce qui s'est passé.

— Eh bien, je ne sais pas du tout pourquoi Poséidon a une peinture du mariage d'Atlas dans son palais, déclara l'étoile de mer.

— C'est un très bon point, dis-je en fronçant les sourcils. Où est la fresque ?

— Dans l'aile nord-est. Elle n'est pas beaucoup utilisée par qui que ce soit, sauf par le personnel.

Lorsque les nymphes eurent achevé leur tour de magie, Galatée entra dans la cabine d'essayage.

— Salut, dis-je, surprise de me rendre compte à quel point j'étais heureuse de la voir. Comment ça va ?

— Je suis ravie que tu sois sortie vivante de l'Épreuve, déclara-t-elle.

— Ouais. On est deux.

— J'ai essayé de découvrir comment Atlas avait fait pour s'infiltrer si profondément dans le palais.

— Et ? Tu as trouvé quelque chose ?

— Non.

Galatée me fit signe de la suivre, et je m'exécutai. Elle marchait dans les couloirs comme si elle aurait su où aller même si elle avait eu les yeux bandés, et je me demandai depuis combien de temps elle vivait dans le palais.

Cette pensée m'en fit venir une autre à l'esprit.

— Quel âge as-tu ?

Elle me jeta un regard.

— C'est une question impolie.

— Les gens n'arrêtent pas de me dire que je suis impolie. Autant que je sois à la hauteur de leurs attentes, répliquai-je en haussant les épaules.

Elle me décocha un air renfrogné, puis elle aussi haussa les épaules.

— Quatre cents ans.

— Waouh, dis-je. Et combien de temps as-tu passé ici ?

— La quasi-totalité de mes années. Poséidon m'a trouvée quand j'étais très jeune.

— Trouvée ?

— Oui. Nous n'avons pas le temps maintenant pour raconter mon histoire, j'en ai peur. Nous sommes attendues au bal d'Apollon.

Je fis la grimace.

— Il faut vraiment que vous aimiez les bals, par ici ?

Galatée m'adressa un regard compatissant.

— Je ne les apprécie pas non plus, en vérité.

J'observai sa tenue de combat moulante et son visage sévère, et je ne fus pas surprise.

— Pas fan de virevolter sur la piste de danse ?

— Je préfère virevolter autour de mes ennemis, déclarat-elle.

Je hochai la tête.

— Tu déchires.

Elle fronça les sourcils.

— Qu'est-ce que je déchire ? Les bals ou les ennemis ?

— Rien. Laisse tomber.

— Tellement étrange, marmonna-t-elle.

Puis elle reprit sa marche en direction du grand et large escalier tapissé de rouge.

— Les dieux aiment les bals et les cérémonies parce que cela leur donne une chance de se montrer et de se jauger, déclara-t-elle. Ils aiment le mélodrame. Impossible de s'en passer. Il n'y rien de pire pour un immortel que l'ennui.

— Où sont Héra et Aphrodite ? Elles n'étaient pas aux derniers rassemblements.

— Héra a disparu depuis un moment. Zeus a fui l'Olympe et il semble qu'elle l'ait préféré aux autres.

Sa voix était sèche.

— Après tout, c'est sa femme.

— Cela n'a pas d'importance, quand le choix moral est clair. Héra est une femme intègre.

— Et follement jalouse, si je me souviens bien ? murmurai-je.

— À l'occasion, oui. Mais elle est l'une des meilleures divinités.

— D'après Atlas, elle lui a parlé de mon mariage avec Poséidon pour qu'il puisse se venger. Pour être honnête, ce n'est pas ma personne préférée, en ce moment.

— Oui. C'est troublant.

— Troublant. Ouais. J'allais dire que ça fait chier. Mais troublant, ça marche aussi.

Nous arrivâmes en haut de l'escalier, où une arche massive menait à une belle pièce que je reconnus immédiatement comme étant la salle du trône de Poséidon.

· · ·

Poséidon se leva de son trône, et je fus surprise de voir sa toge océanique.

— Je pensais que j'avais perdu ce truc, dis-je en le fixant.

— Ce n'est pas une toge normale. Elle est enchantée, déclara-t-il. Tu n'es plus en colère contre moi ?

— Oh si, je suis toujours en colère. J'ai juste été distraite pendant une seconde.

Je fus presque certaine d'avoir vu une pointe d'amusement sur son visage, ce qui ne me rendit que plus déterminée à me souvenir que j'étais fâchée contre lui.

— Je ne t'avais jamais vue en rouge auparavant.

Je clignai des yeux.

— Tu as passé environ six jours avec moi. Et la plupart du temps, je portais du marron et du blanc.

— Oui.

Je levai les mains.

— C'est tout ?

— Oui.

— Bon sang, et il parait que c'est moi qui suis bizarre.

— Il faut être bizarre pour être numéro un, dit-il d'une voix à peine audible.

Je dardai les yeux vers les siens, avec des étincelles qui jaillissaient en moi. Pourquoi ? Pourquoi est-ce que cela me provoquait une telle réaction physique qu'il me répète mes propres conneries ?

Parce qu'il pense que tu es drôle, dit la voix de Lily dans ma tête, qui semblait amusée. *Et cela te rend heureuse.*

Drôle ? Il pense que rien n'est drôle ! Je l'ai vu sourire une fois *!*

Et qu'est-ce que tu ferais pour le voir sourire à nouveau ?

N'importe quoi.

La réponse se fraya un chemin à travers toutes mes barrières mentales, avec facilité.

Putain. Est-ce que j'aurais vraiment fait n'importe quoi ?

Il descendit de son trône vers moi, débordant de grandeur, de puissance et de stoïcisme froid. Toutes les choses pour lesquelles je n'avais aucun intérêt. Mais ses yeux… J'étais sûre d'y voir une émotion brute et sauvage tout au fond, déguisée en férocité, soigneusement contenue et enfermée.

— Quand on sera dans le royaume d'Apollon, il faudra que tu te méfies d'un certain nombre de choses, déclara-t-il.

— D'Apollon ? proposai-je.

Poséidon secoua la tête.

— Non. Il est arrogant et un peu trop jovial, mais vu ta position publique, tu n'as pas à le craindre. Il est en guerre avec les vampires en ce moment, cependant. Et ils sont à craindre.

Ma mâchoire se décrocha.

— Tu viens de parler de vampires ?

— Oui. Des femmes qui vivent en consommant du sang chaud.

— Eh bien, merde. Je ne savais pas qu'il y en avait sur l'Olympe.

Il fronça les sourcils.

— Toute vie commence sur l'Olympe. L'ancien mot pour les désigner est « lamia ». Cependant, elles ont beaucoup évolué depuis les temps anciens.

— Pourquoi Apollon est-il en guerre contre elles ?

— C'est le dieu du soleil, répondit-il comme si cela rendait tout plus évident.

Avant que je ne puisse lui demander d'étayer ses propos, il parla à nouveau.

— Atlas ne sera pas content qu'on ait réussi à contrecarrer ses tentatives de nous séparer et à gagner l'Épreuve de la glace. Il est de la plus haute importance que tu l'évites à tout prix.

Je hochai la tête.

— Ce n'est pas un ordre difficile à suivre. Il me fait flipper.

— Il a beaucoup de colère.

Je ne pus m'empêcher de saisir cette ouverture.

— Tu veux bien me dire pourquoi il te déteste autant ?

— Non. Nous n'avons plus que quelques minutes avant d'apparaître là-bas. Tu as les flacons que je t'ai donnés ?

— Oui.

— Bon. J'ai de fort soupçons que nous serons envoyés sur l'Épreuve de la terre depuis le bal.

Ses yeux parcoururent ma robe, et je fus certaine qu'ils s'attardèrent un peu plus longtemps que nécessaire sur ma jambe exposée. Je pointai les orteils et pliai le genou, comme une danseuse burlesque.

— C'est pour ça que j'ai demandé une fente. Pour pouvoir courir, dis-je d'une fausse voix sensuelle.

Quand il me regarda, ses yeux étaient brûlants de chaleur, et je déglutis, rentrant aussitôt ma jambe dans ma jupe.

Galatée toussa derrière moi, et je sentis mon visage rougir.

— Les jambes, c'est ton fétiche, hein ? murmurai-je maladroitement.

— Ne me teste pas, grogna-t-il.

Je n'avais pas réalisé que ma jambe était un test à ses yeux.

Ou combien sa réaction me ferait plaisir.

Je te l'avais dit, dit Lily. *Tu as envie qu'il ait envie de toi.*

Avant que je puisse me disputer avec ma sœur imaginaire, le monde devint blanc.

ALMI

La première chose que je remarquai fut l'éclat scintillant du givre qui recouvrait tout. Nous étions dans une cour extérieure, avec de hautes statues et des fontaines grecques sur des tapis de mosaïque, des vignes rampantes et des glycines violettes drapées autour des colonnes de pierre qui se dressaient à intervalles. La zone était éclairée par des centaines de minuscules lumières flottantes, qui brillaient juste assez pour capter le givre étincelant qui enveloppait tout.

Les gens se pressaient partout, de nombreux visages familiers et déjà aperçus lors des derniers rassemblements. Je repérai immédiatement Kalypso, car elle se tenait à quelques mètres seulement, en pleine conversation avec un homme exceptionnellement beau, aux cheveux noirs pleins de dreadlocks, et au torse aussi large que certains dieux.

— Où sommes-nous ? demandai-je à Poséidon.

Mais je n'eus pas de réponse. Je me retournai et réalisai qu'il était déjà parti. Galatée me lança un regard vaguement compatissant.

— Je pense que tu lui as fait peur, dit-elle.

— Comment ça ?

Elle indiqua ma jambe.

— Avec ça.

Avant que je puisse répondre, Perséphone s'avança vers nous, posant une main sur mon épaule.

— Tu t'es tellement bien débrouillée pendant cette Épreuve !

Sans même y réfléchir, je me penchai en avant et la serrai dans mes bras. Ce mouvement me prit peut-être par surprise, mais elle ne sembla pas du tout déconcertée. Elle me rendit mon étreinte, puis me tint à bout de bras, me décochant un sourire une fois de plus.

— On dirait que tu n'as pas besoin de guérison. En fait, tu es superbe.

Je secouai la tête.

— Merci. Il s'est passé quelque chose d'incroyable.

L'excitation bourdonna en moi alors qu'elle se penchait, les sourcils haussés d'un air d'interrogateur. Elle portait une robe noire avec une bordure vert gazon le long du décolleté, et un diadème fait de roses dorées coiffait ses cheveux blancs. Elle semblait surgie d'un film ou d'un jeu vidéo, et en temps normal, j'aurais été intimidée par quelqu'un d'aussi beau, mais je lui faisais confiance instinctivement.

Galatée se rapprocha pour m'entendre.

— J'ai un peu de magie maintenant, chuchotai-je en effleurant avec les doigts mon tatouage de coquille.

— C'est génial ! Est-ce que ça signifie que le cœur de l'océan va apparaître ?

— C'est ce que Poséidon espère. Ce que cela signifie vraiment, c'est que je peux respirer sous l'eau.

Galatée laissa échapper un soupir de soulagement.

— Que les dieux en soient remerciés, dit-elle.

— C'est sûr.

Une nymphe arriva avec un plateau de boissons, et nous en prîmes toutes une. C'était le même délicieux vin pétillant que la dernière fois, et j'en bus avec gratitude.

— Où sommes-nous ? demandai-je.

Perséphone tendit la main et montra de la tête les balustrades au bord de la cour.

— Viens voir.

Je lui pris la main, et nous traversâmes une pelouse parfaitement entretenue et brillante de givre.

— Apollon est le dieu du soleil, et certaines régions de son royaume sont intolérablement chaudes. Afin de rétablir l'équilibre, le reste est principalement composé de glace.

Nous arrivâmes aux balustrades en pierre, et je regardai par-dessus bord.

Nous étions en haut d'une falaise de glace. En contrebas, tout au fond, de l'eau frappait la glace et gelait complètement.

Je regardai Perséphone.

— C'est là que l'Épreuve s'est déroulée ?

Elle acquiesça.

— Ouais. On est au sommet de la falaise de glace où vous étiez.

— Et le talontaure ?

La peur m'envahit, contractant mes muscles.

— Hadès a dit qu'il avait été déplacé. Je ne sais pas où, mais regarde.

Elle se tourna et montra tour à tour Hadès, Artémis, Athéna, Héphaïstos et Dionysos. Ils étaient les seuls Olympiens dans notre ligne de mire, tous à boire et discuter avec des créatures qui semblaient avoir été inventées par un drogué. Tous sauf Héphaïstos, qui contemplait d'un air maussade par-dessus la balustrade, avec rien d'autre qu'un énorme tablier de cuir pour recouvrir son torse massif.

— Avec autant d'êtres tout-puissants ici, tu peux te détendre.

— Il y a des êtres tout-puissants ici qui ne me donnent pas du tout envie de me détendre, grogna Galatée.

Je vis sur qui son regard était fixé.

— Atlas.

Il se tenait près d'une fontaine avec une très jolie femme à la peau et aux cheveux bleu fluo, et Céto. Atlas et Céto se tournèrent brièvement vers nous, avant de reprendre leur conversation. Les tentacules visqueuses de Céto se tordaient sur les mosaïques, sa peau rappelant celle des sangs-pourris, avec les mêmes ondulations évoquant de la lave qui se mouvaient sur son corps.

Elle me faisait tellement plus flipper que les autres.

— Il y a des lamia assez puissantes, par ici, déclara Perséphone en fronçant les sourcils. Elles viennent des Enfers à l'origine… J'ai dû combattre une empousa, une fois, expliqua-t-elle en frissonnant. Des putains de créatures terrifiantes. Quoi qu'il en soit, Hadès a beaucoup parlé à Apollon récemment, à propos des conflits avec les vampires. Il ne peut pas les contrôler une fois qu'elles ont quitté les Enfers.

J'étais sur le point de demander à en savoir plus, mais un visage familier se matérialisa dans la foule, et j'en eus le souffle coupé.

— Silos !

Je me précipitai quand il me remarqua, un énorme sourire sur la figure tandis qu'il poussait les gens pour me rejoindre. Il enroula ses bras autour de moi dans une étreinte.

— Silos ! Comment es-tu arrivé là ?

— Grâce à papa, rayonna-t-il. Almi, regarde-toi !

Je fis une pirouette, et il rit.

— Tu imaginais me voir en robe, un jour ? demandai-je.

— Non. Mais je suis content de l'avoir fait. Ça te va bien.

Son ton était doux, et je lui souris.

— Merci. Et merci de m'avoir encouragée. Je t'ai vu, l'autre jour.

— Tu plaisantes ? Bien sûr que je t'encourage ! Je n'arrive pas à croire que tu es la *femme de Poséidon.* Putain, quand allais-tu me parler de ça ?

Je penchai la tête, haussant légèrement les épaules.

— Tu sais que je te l'aurais dit si j'avais pu.

Il acquiesça.

— Ouais. Pourquoi t'a-t-il envoyée vivre dans le monde des humains si vous étiez mariés ?

— Pour me tenir à l'écart des autres gens.

Silos fronça les sourcils, puis regarda nerveusement par-dessus son épaule, crispé.

— Il est du genre jaloux ? Il faut que je garde mes distances ?

Je ris.

— Honnêtement, je ne suis qu'une transaction commerciale à ses yeux. Il a besoin de moi pour quelque chose dont l'Oracle de Delphes lui a parlé. Il n'y a pas de jalousie dans ce mariage, lui assurai-je.

Ses épaules se détendirent.

— Je n'arrive pas à croire que tu as failli être mangée deux fois par des monstres marins.

J'étais contente qu'il ait changé de sujet. Je ne savais pas pourquoi je préférais parler de mon expérience de mort imminente plutôt que de Poséidon, mais cela semblait être le cas.

— Je sais. Comment va Lily ?

— Comme toujours.

La compassion brillait dans ses grands yeux bruns.

— Je ne suis pas loin, maintenant, dis-je. Je vais la sauver, Silos.

Il acquiesça.

— Si quelqu'un peut y arriver, c'est toi.

Je lui souris, jusqu'à ce qu'un frisson électrique se propage sur ma peau. Je savais ce que c'était, car je l'avais ressenti de nombreuses fois auparavant.

— Atlas, murmurai-je en me retournant pour chercher le Titan.

Mais je ne le vis nulle part. Pourquoi m'avait-il envoyé ce frisson ? Pour me faire savoir qu'il me surveillait ? Juste évacuer un peu de colère contre nous parce que nous avions survécu à cette journée ? Poséidon m'avait dit de me méfier de lui.

Je regardai Silos.

— J'ai de sacrés ennemis juste là, lui dis-je. Ce serait peut-être plus sûr pour toi de garder tes distances.

Il ouvrit la bouche, puis la referma, réfléchissant.

— Tu sais, finit-il par dire. Je vais supposer que tu as une bonne raison de dire ça, et suivre ton conseil. Mais, Almi, si tu as besoin de quoi que ce soit, ou si je peux t'aider de n'importe quelle manière...

— Silos, tu m'aides plus que n'importe qui d'autre, en protégeant Lily. Je te dois tout.

Il sourit à nouveau, puis me serra dans ses bras.

— Continue à botter des culs, Almi.

— Tu parles, Charles.

ALMI

— Qui était-ce ? demanda Galatée quand je retournai vers les deux femmes.

— Mon ami d'enfance. Il s'occupe de ma sœur pour moi. Depuis que Poséidon m'a chassée.

Le fait de voir Silos avait éjecté une partie de mon nouvel amour pour le dieu de l'océan et rappelé ce qu'il nous avait fait subir, à Lily et à moi.

— Tu voudrais toujours que je rende visite à ta sœur ? demanda Perséphone d'une voix douce.

— Oui ! Oh là là, oui, j'aimerais que tu le fasses, lui dis-je. La prochaine fois qu'on fera une pause assez longue entre ces Épreuves, je serais très reconnaissante si on pouvait aller la voir.

Je ne pensais pas que Perséphone réussirait à la guérir, mais je ne voyais pas en quoi cela pouvait déranger. Ce serait utile si elle me donnait des informations, et si elle ralentissait le processus.

— Bien sûr. Utilise juste la rose que je t'ai donnée, pour me faire savoir que tu as besoin de moi. Héphaïstos me l'a fabriquée. Enfin…, ajouta-t-elle en fronçant les sourcils, Hadès a demandé à Héphaïstos de la fabriquer pour moi. Il est un peu… timide avec les femmes.

— Il n'est pas marié à la femme ultime, Aphrodite ?

La colère éclata dans les yeux de Perséphone.

— Ne me parle pas de cette sorcière, cracha-t-elle.

— Allons, allons, nous réprimanda une voix masculine, profonde et harmonieuse. Il ne faut pas dire du mal des Olympiens.

Apollon apparut à côté de nous dans un ruissèlement d'or. Et le mot « or » fut le seul qui me vint à l'esprit quand je le détaillai du regard. Ses cheveux dorés ébouriffés tombaient sur des yeux dorés brillants. Sa toge aussi était dorée, et attachée avec une énorme broche en forme de lyre, en or.

— Bonsoir, Apollon, déclara Perséphone.

Il lui lança un sourire bref mais dévastateur, puis me fixa des yeux.

— Almi, tu es très, très intéressante. Qui aurait cru que cette vieille carne aquatique avait une femme ?

Je me dandinai, mal à l'aise.

— Eh bien, le monde entier le sait, maintenant.

— Tu es une nymphe marine, n'est-ce pas ?

Je hochai la tête.

— Alors…. Pourquoi as-tu de la magie de l'air ?

Mon estomac se serra, à la fois d'excitation et de nervosité.

— Vous pouvez sentir ma magie ?

— Chérie, je suis un dieu élémentaire du temps. Bien sûr que oui.

Je déglutis.

— J'apprends seulement à m'en servir, admis-je.

Poséidon avait dit qu'Apollon n'était pas une menace, et

s'il pouvait sentir ma magie, il ne servait à rien de lui mentir.

Il me sourit, et ma poitrine se serra. Il était sacrément beau. Pas de la même manière que Poséidon – pas du tout. Poséidon était une sorte de bloc solide de puissance profonde et mystérieuse, alors qu'Apollon avait une beauté joyeuse à regarder.

— Tu veux un conseil ?

— Bien sûr.

— On ne peut pas contrôler l'air. Il est presque aussi sauvage que l'océan, et il n'est peut-être pas aussi fort ou puissant, mais tout dépend de lui. *Tout.* Il a tous les pouvoirs.

Je clignai des yeux.

— Je ne peux pas le contrôler ?

— Non. N'essaye même pas. Si tu arrives à vaincre le vent, tu auras un allié pour la vie, mais tu ne pourras plier l'air à aucune volonté.

Je fis de mon mieux pour traiter ces mots.

— Alors, comment puis-je…

Avant que je puisse terminer ma question, il était parti, marchant à grands pas vers deux femmes avec de l'écorce en guise de peau et des cheveux verts.

— De la magie de l'air ? demanda Galatée qui me regardait comme si j'avais une deuxième tête.

— Ouais. Apparemment.

— Mais… tu es une Néréide.

— Ouais.

Je me tordis les mains, et elle continua à me regarder, bouche bée, la confusion inscrite sur son visage.

— Si ça lui sauve la vie, quelle importance, le type de magie ? dit Perséphone.

Je la regardai avec gratitude.

— Oui. Exactement. La magie, c'est la magie, non ?

— Non, répondit Galatée en fronçant les sourcils. La magie de l'air n'est pas du Verseau.

Je me sentis mal à l'aise.

— Eh bien, je suis du Verseau. Je ne sais pas comment c'est arrivé, mais c'est arrivé. Et ma coquille se colore. C'est ce qui arrive aux Néréides lorsqu'elles développent leur pouvoir, alors... Même si je suis peut-être encore cassée, je *suis* une Néréide.

J'étais trop sur la défensive et je tâchai de me détendre. Mais la réaction de Galatée était le miroir de mes pires pensées.

Et si je n'étais pas une Néréide ? Ce qui signifierait... que Lily n'était pas vraiment ma sœur.

Perséphone lança un regard noir à Galatée, en posant à nouveau sa main sur mon épaule.

— Écoute, on s'épanouit tous de différentes manières. Ce n'est pas parce que tu es la première à faire quelque chose que c'est une erreur. C'est juste... nouveau.

— Ou bizarre, soupirai-je.

Mais ces mots transpercèrent ma paranoïa.

— Merci, lui dis-je en espérant montrer ma sincérité. Tu es vraiment gentille avec moi.

— Les gens ici sont plus gentils que tu ne le penses, sourit-elle. Et en plus, c'est vrai.

— Je vais essayer d'y croire.

— Je n'essaye pas d'être méchante, déclara Galatée d'un air perplexe, mais moins accusateur. Je suis désolée. Je trouve juste déroutant que le roi de l'océan ait épousé un être qui ne vient pas de l'eau.

— Je ne pense pas qu'il le savait à l'époque. En fait, je sais qu'il ne le savait pas. On l'a tous les deux découvert aujourd'hui.

— L'air est un élément puissant, comme l'a dit Apollon, déclara Galatée en se redressant. Je suis sûre que tu inspireras le respect avec ça.

— Inspirer le respect ? Galatée, je ne rêve pas d'un poste de général comme le tien. Je veux survivre à ces conneries et guérir ma sœur. Et dans l'idéal, nous débarrasser complètement de cette putain d'histoire de pierre si on y arrive. Mais je me fiche du respect.

— Tu es une reine.

— C'est toi qui m'as dit que ça n'arriverait jamais ! Je me souviens précisément que tu m'as dit de ne pas me faire de faux espoirs.

— C'était avant…, dit-elle en faisant un geste vague en l'air, puis d'indiquer ma jambe. Avant ça.

— Quoi ?

— Almi, je ne l'avais jamais vu regarder une femme comme il t'a regardée. Je ne l'avais jamais vu si près de perdre le contrôle. Et je suis à ses côtés depuis des siècles.

Mon cerveau cala et s'arrêta bêtement.

— Quoi ?

Perséphone eut un petit rire pétillant.

— Il te plait ?

Je me tournai vers elle, la bouche ouverte.

— Regarde-le ! Comment, au nom de toute la sainteté, est-ce qu'il pourrait *ne pas me plaire* ?

Elle me sourit.

— Cela ne veut pas dire que je suis amoureuse de lui ! Il m'a éloignée de ma seule famille pendant près d'une décennie ! Il est foutrement épouvantable… ce qui, je dois le souligner, est la dernière qualité que je rechercherais chez un mec, et en plus, il m'a entraînée dans ces Épreuve à la con en faisant quelque chose à la femme d'un autre homme ! Putain, je ne suis pas intéressée.

Je croisai les bras sur ma poitrine en souhaitant ne pas avoir parlé si fort, alors que les deux femmes me fixaient.

— Bien sûr, tu n'es pas amoureuse, finit par déclarer Perséphone, avant de prendre une longue gorgée de sa boisson, puis de lever son verre vide. Tu en veux un autre ?

— Oui.

Aucune des deux femmes ne reparla de Poséidon, ce dont je fus reconnaissante. Autre chose dont je fus reconnaissante, ce fut d'avoir l'opportunité de poser des questions sur les autres invités pour la première fois. Perséphone et Galatée semblaient heureuses de répondre à mes interrogations sur les différentes espèces et types de créatures.

La cour était magnifique, et même si le givre étincelant recouvrait les statues et les jolis petits arbres, il ne faisait pas même frisquet. Les guirlandes lumineuses scintillantes rendaient l'atmosphère festive, et je me surpris à me détendre. Je m'inquiétais un peu de l'absence d'Atlas, mais cela signifiait aussi que l'ambiance était moins crispée, car je n'avais pas à le surveiller. J'avais entrevu Poséidon, ici et là, en train de parler à différentes personnes. Mais il avait évité mon regard, et j'avais fait de même.

Au milieu du jardin, il y avait de grandes dalles en marbre carrées, et les gens y dansaient sur de la musique jouée par une femme qui pinçait les cordes dorées d'une énorme harpe de la même couleur métallique. Elle avait l'air complètement perdue dans la mélodie, ses doigts volant sur les cordes tendues.

— C'est une muse, déclara Perséphone. Dieu sait laquelle, il y en a genre, neuf, ou quelque chose comme ça.

— Et c'est quoi, cette chose grise qui me donne envie de me noyer ? demandai-je en désignant la créature d'écume de mer que j'avais vue la première nuit de mon arrivée au palais.

— C'est un aphros, dit Galatée. Je ne suis moi-même pas très fan d'eux. Mais ils sont importants dans le Verseau.

J'étais sur le point de demander pourquoi, quand quelqu'un se mit à crier. Nous nous retournâmes toutes, cherchant l'origine du bruit. Les gens se dirigeaient vers un endroit derrière la piste de danse, où les arbres étaient plus épais et où il y avait moins de lumières scintillantes. Je vis un éclair doré glisser sur le sol et disparaître dans les sous-bois. Un serpent ?

Perséphone avança rapidement vers le tumulte, et Galatée et moi suivîmes.

— Que lui est-il arrivé ! Pourquoi est-il comme ça ? sanglotait une voix de femme.

Ma poitrine se serra, l'anxiété me submergeant.

— Non, ce n'est pas possible... C'est l'homme avec qui vous êtes arrivée ce soir ?

— Oui, évidemment ! C'est mon mari ! cria à moitié la femme en retour.

Perséphone traversa les invités rassemblés, et quand je me faufilai après elle, je m'arrêtai en titubant.

Une sirène, aux cheveux blanc mat et à la peau verte, était suspendue au bras d'une statue. Une statue d'un triton. Des larmes coulaient sur son visage, et sa poitrine se soulevait au rythme de ses sanglots.

— Tout à l'heure, il m'a proposé de danser, et juste après...

Elle s'effondra, tombant à genoux mais sans lâcher la main de la statue.

Le chagrin m'envahit, en même temps qu'une peur colossale.

Le fléau de la pierre.

Poséidon avait réussi à garder le secret jusqu'à présent. Je balayai du regard les visages dans la foule, à sa recherche, et je n'eus pas à chercher longtemps. Les gens s'écartèrent aussitôt quand lui et Hadès marchèrent vers la femme et la chose en pierre qui avait été son mari.

Poséidon pâlit devant la scène.

Il se tourna vers la foule rassemblée.

— S'il vous plaît, retournez au bal. Tout va s'arranger.

Personne ne protesta, et je compris pourquoi. Je fus traversée par une profonde envie d'obéir, tellement contre ma propre nature que je sus qu'elle était de source divine.

Je me surpris à faire un pas en arrière, avant que Perséphone ne m'attrape par l'avant-bras, pour que je reste à ma place.

Tout le monde s'éparpilla, et ma nouvelle amie se précipita vers la femme en deuil. Elle posa sa main sur son bras en se baissant vers elle, et les sanglots de la femme cessèrent immédiatement.

— Sire, dit Galatée en s'avançant vers Poséidon.

— Emmenez-le au palais, avec les autres.

La voix de Poséidon était dure, aussi dure que l'homme qui s'était transformé en pierre devant nous.

Pendant une fraction de seconde, j'envisageai de protester. Je savais ce qui allait suivre. Poséidon allait la faire oublier. Mais quand je contemplai la femme que Perséphone consolait, avec son chagrin abject sur la figure, je me demandai si ce serait vraiment terrible qu'on lui enlève sa douleur.

Ce ne serait que temporaire.

Mais est-ce que ça serait vraiment temporaire ?

Et si nous n'arrivions pas à guérir le fléau ? Et si ce triton existait sous forme de statue pour le reste de sa vie ?

Et si Lily devenait une statue ?

— Si on n'y arrive pas, il faudra qu'ils puissent se souvenir.

Je prononçai les mots à voix haute, et je n'étais même pas sûre d'être assez proche pour que Poséidon les entende, mais ses yeux dardèrent vers les miens.

— Ils ressentiraient à nouveau la douleur.

Sa voix était aussi calme que la mienne, mais je l'entendis clairement.

— Oui. Mais si leur perte est permanente, elle leur appartiendra. Ils auront besoin de tourner la page. Ils auront besoin de leurs souvenirs.

Il me regarda un long moment.

— Accordé.

Je haussai les sourcils, pas tout à fait sûre de savoir ce qu'il voulait dire par ce mot.

— Je t'accorde ta demande, clarifia-t-il doucement.

Une bulle de tristesse se tortilla dans mon centre, s'enracinant dans ma gorge.

— Merci.

Un boom tonitruant fit sursauter tout le monde, et quelques personnes crièrent.

— Qu'est-ce que c'est ? demanda quelqu'un.

Je le savais déjà, pourtant. Je pouvais presque goûter la saveur électrique troublante de la magie d'Atlas.

La foule se sépara, révélant le Titan debout au milieu de la piste de danse, mesurant trois mètres de haut et portant une toge blanche ornée de son sceau en anneau entrelacé.

— Citoyens de l'Olympe, dieux estimés, tonna-t-il en inclinant la tête. Vous vous amusez ?

Personne ne lui répondit. Je soupçonnais fortement que personne ne voulait qu'il gagne. Les Olympiens sont peut-être un peu fous, mais ce type-là ? Il était dingo.

— Oh, je vois qu'il y a eu une petite tragédie là-bas, dit-il en regardant le triton de pierre avec une fausse moue. Je ne crois pas que c'était quelqu'un d'important, alors mieux vaut ne pas y penser.

La colère m'envahit.

— Maintenant, laissez-moi vous soulager de votre ennui ! Il est temps de voir si nos candidats se sont bien débrouillés lors de la dernière Épreuve.

Céto, Kalypso et Polybotès sortirent tous de la foule, venant se placer devant lui. Poséidon et moi restâmes exactement là où nous étions.

Une cassolette à flamme scintillait devant le Titan, les flammes nourries et hautes, montrant alors cinq vases en verre. Il y avait de petits coquillages au fond de quatre d'entre eux.

— Polybotès, un coquillage.

Le géant grogna lorsqu'une coquille apparut au fond d'un des vases.

— Kalypso, quatre coquillages.

Je haussai les sourcils tandis qu'elle souriait, et quatre coquilles apparurent dans un vase qui en contenait déjà trois.

— Céto, trois coquillages.

Son vase se remplit plus haut.

— Almi, trois coquillages.

— Attendez, quoi… ?

J'essayai de l'interrompre, mais il parla plus fort.

— Poséidon, pas de coquillage.

Le vase vide dans l'image resta vide, tandis que trois coquillages apparurent à côté de celui que j'avais déjà.

— Non, ce sont les siens ! criai-je.

Atlas se tourna vers moi.

— On compte les coquillages au moment où la rouge est utilisée. Les trois étaient sur toi, ma petite reine.

La façon dont il prononça le mot « reine » me rendit malade, et je lui lançai un regard noir.

— Espèce de pourriture de…

Avant que je puisse finir, il rugit de nouveau, se tournant vers le public.

— Et maintenant, pimentons vraiment les choses. Allons à la prochaine Épreuve.

— Connard ! beuglai-je, tandis que nous disparaissions du bal.

ALMI

J'étais tellement furieuse quand j'ouvris les yeux sous l'eau que j'en oubliai presque de retenir mon souffle.

J'appelai les bulles à moi, presque aussi désespérée de recevoir de l'air pour fulminer à propos d'Atlas que pour réellement respirer.

Le tourbillon de bulles surgit vers moi de nulle part, bourdonnant autour de mon visage jusqu'à ce que je puisse voir clairement à travers.

Merci, nouvelle magie de l'air intelligente, pensai-je en prenant une inspiration et en regardant autour de moi pour repérer Poséidon.

Mon environnement était sensiblement différent de la dernière fois. La première chose que je remarquai, ce fut que l'eau était chaude. La deuxième chose que je remarquai, ce fut la couleur verte. Du vert partout.

J'étais dans une sorte de prairie sous-marine. Le fond marin en dessous de moi – que je pouvais voir facilement parce que l'eau était cristalline – était tapissé d'une pelouse duveteuse d'un vert profond. Il y avait des rochers recouverts de mousse et d'énormes plantes de part et d'autre, créant un canal.

Mon cœur bondit un peu quand j'utilisai mes bras pour tourner en cercle. Je ne pouvais pas voir Poséidon.

— Kryvo ?

— Je suis là.

— Tu sais où nous sommes ?

Je me souvenais de ce qu'Atlas avait dit à propos des jardins marins tropicaux, mais la petite étoile de mer en savait peut-être plus.

— Le royaume d'Aphrodite, les Poissons, est composé de nombreuses petites îles tropicales, et je pense que nous sommes dans les canaux qui les relient et qui sont dédiés à ses plantes sous-marines.

— D'accord. Qu'est-ce qui va essayer de nous tuer ici ?

— Presque toutes les plantes.

— Bien sûr.

— Et Kalypso est ici avec nous, quelque part. Je dirais qu'elle est assez dangereuse aussi.

— D'accord.

Heureuse d'avoir bu toute la fiole de Poséidon avant le bal et qu'il ait anticipé que nous serions lancés directement depuis la fête, je commençai à nager. Je partis dans le sens du faible courant, plutôt que contre lui, espérant que c'était la bonne chose à faire.

— Poséidon ! appelai-je.

Le bruit attirerait l'attention de Kalypso sur moi si elle se trouvait à proximité, mais je me disais que le risque en valait la peine. J'avais besoin du dieu de l'océan avec moi.

Je ne savais pas si cette envie était motivée par la peur de survivre sans son aide, ou simplement par le désir d'être en sa présence. J'aurais menti si je n'avais pas voulu reconnaitre qu'il commençait à prendre une place extraordinairement importante dans mes pensées.

Je roulai sur le dos pendant que je nageais, pour pouvoir regarder la surface. Je n'étais qu'à quelques mètres sous l'eau, et pendant un moment, je fus tentée de nager vers le haut et de sortir la tête, pour voir si cela me donnait des indices. Mais il se passait tellement de choses sous la surface que je décidai que j'étais plus susceptible de trouver des coquillages et Poséidon près du fond marin.

Le tunnel où je nageais s'incurvait doucement, et je voyais beaucoup de poissons aux couleurs vives voleter au-dessus des récifs qui constituaient les côtés. Quand je tournai au coin, mes yeux se s'agrandirent.

Devant moi s'ouvrait un paysage de montagnes et de vallées, toutes tapissées d'herbes marines épaisses et vertes. De minuscules bulles s'accrochaient aux herbes avant de remonter à la surface, faisant pétiller l'énorme cuvette devant moi. Il y avait des plantes éparpillées parmi les pics verts gros comme des voitures. Des choses géantes en forme de champignons, à plumes jaunes, attirèrent mon regard en premier, car leurs couleurs étaient si vives. Mais il y avait des parcelles où des herbes violettes, parsemées de fleurs blanches, s'étendaient comme des tapis sur le vert, et des fleurs bleues dans de grands tubes comme des jacinthes des bois jaillissaient entre des vignes plus robustes.

Entre l'immensité de la zone, le pétillement de l'eau et le doux courant, le mouvement était partout. L'instinct me poussa à ignorer en partie la beauté calme de l'endroit et à me rappeler que c'était une Épreuve conçue pour me tuer. Mais mes yeux passaient d'un endroit à l'autre et je ne savais même pas par où commencer à chercher des coquillages.

Je sentis du mouvement derrière moi, mon pied frôlant quelque chose de solide. Je tirai le couteau de ma sangle à la cuisse en me retournant, le brandissant avec panique.

— C'est moi.

Poséidon planait dans l'eau claire, sa toge océanique trop audacieuse et bleue dans ce monde d'eau verte.

— Dieu merci. C'est immense, ici, dis-je avec un petit soupir de soulagement.

— Ce ne sera pas facile de trouver des coquillages. Presque toutes ces plantes sont mortelles. C'est la marotte d'Aphrodite.

Sa voix était épaisse et gargouillait, mais il était plus facile que sous la glace de distinguer ce qu'il disait.

— Une sorte de serre sous-marine mortelle.

Il me regarda, puis le poignard dans ma main.

— Tu es venue armée, cette fois.

— Oui.

— Bien.

Il me dépassa à la nage, quittant l'affluent et se dirigeant vers ce que j'appelais maintenant « le bol » dans ma tête.

Je le suivis, reglissant le couteau dans la bande autour de ma cuisse et savourant la sensation que cela me procurait – la sensation d'être *badass*.

J'avais vraiment l'impression de nager au-dessus des montagnes. Les formes vertes en contrebas ondulaient et roulaient exactement comme les plages du Sagittaire. Je me demandai quelle odeur cela sentirait si nous n'étions pas sous l'eau.

Poséidon nagea plus bas, plongeant dans l'une des vallées, et je l'imitai. Au fur et à mesure que nous nous enfoncions, l'air pétilla plus fort autour des herbes, et j'eus le souvenir distinct de m'être retrouvée dans une baignoire avec une bombe de bain. Devant nous, au point le plus bas de la vallée aux couleurs éclatantes, se trouvait une plante. Elle était aussi grande que Poséidon, debout, solitaire et audacieuse, et je la reconnus immédiatement.

Une Vénus attrape-mouche.

Mais elle était de couleur violette brillante et avait quelques… extras.

Quand nous nous rapprochâmes, je vis que les deux moitiés de ses mâchoires en forme de feuilles étaient grandes ouvertes, et l'intérieur était rose layette. Au lieu de fines feuilles veinées, la plante semblait épaisse et coriace, et recouverte d'une texture presque semblable à celle d'une peau.

Au milieu de la feuille inférieure se trouvait une petite coquille blanche. Poséidon se rapprocha, et j'attrapai son mollet nu.

Des picotements me traversèrent le bras à ce contact, et je le lâchai rapidement alors qu'il se tournait vers moi.

— C'est un piège, dis-je.

— Clairement.

Je lui fis une grimace, et il plongea, nageant jusqu'au lit vert de la rivière. Il arracha une poignée d'herbes hautes, puis remonta à la nage.

Contrairement aux Vénus attrape-mouches que j'avais vues auparavant, cette plante n'avait pas de petites saillies ressemblant à des dents épineuses sur le pourtour de ses feuilles. En fait, tout cela semblait fort peu mena-çant, à part la forme de mâchoire des deux feuilles épaisses.

Poséidon nagea par-dessus, puis saupoudra la poignée d'herbes sur la feuille inférieure.

Des dents, de véritables dents en ivoire, jaillirent de chaque feuille – pas seulement autour, mais sur toute la surface. La feuille du haut s'abattit sur celle du bas, hachant l'herbe en minuscules lambeaux. Lentement, les mâchoires s'ouvrirent à nouveau, la plante se balançant légèrement dans l'eau.

— Je n'aime pas ça, dit Kryvo d'une petite voix.

— Moi non plus, lui dis-je. Nous allons avoir besoin de

quelque chose de mieux que de l'herbe pour obtenir la coquille.

Je vis un ruban d'eau jaillir de la paume de Poséidon vers le coquillage. Cependant, à la seconde où il effleura la feuille, la mâchoire se referma, écrasant son ruban d'eau et le faisant se dissiper.

Air ? Je projetai ma pensée hésitante. *Tu veux essayer ?*

Rien ne se passa.

Je pensai à la façon dont le vent avait jeté la plume des écuries, puis ébouriffé les cheveux de Poséidon, plus tôt dans la journée.

L'eau de Poséidon ne peut pas attraper le coquillage, mais je parie que tu en es capable.

Un petit tourbillon traversa l'eau dans ma direction, se formant à partir des minuscules bulles pétillantes qui se détachaient de l'herbe.

Un sourire jaillit de mes lèvres, malgré la gravité de la situation.

— Eh bien, bonjour ! dis-je à haute voix alors que le courant d'air tourbillonnait autour de moi. Il faut que tu touches uniquement la coquille, pas les feuilles, lui dis-je.

Lentement d'abord, puis plus rapidement, l'air se dirigea vers la plante.

Rapide comme l'éclair, le flux fila vers le coquillage. La plante se referma, et je retins mon souffle alors que le courant me revenait.

C'était raté.

Alors que la plante s'ouvrait à nouveau, je vis la coquille toujours bien fixée sur la feuille. Poséidon me regarda, puis son ruban d'eau serpenta jusqu'au piège.

Poséidon essaya trois autres fois, mais en vain. La plante était tout simplement trop vive.

— Allez, air, lui dis-je. Encore une fois. On peut le faire.

Je nageai au-dessus de la plante massive, aussi près que

j'osai m'en approcher. Elle aurait pu facilement piéger tout mon corps entre ses mâchoires, me transperçant cent fois avec toutes ces dents mortelles.

Le courant d'air se déplaça plus lentement cette fois, rampant presque à travers l'eau en direction de la coquille.

— Lentement, chuchotai-je alors qu'il s'approchait d'un pouce.

Le courant et moi nous figeâmes lorsque la feuille ondula légèrement, puis s'immobilisa à nouveau.

— Super lentement, soufflai-je.

Le courant bougea à nouveau. Poséidon regardait à quelques mètres de moi, mais j'essayais de l'ignorer, me concentrant sur l'air. Petit millimètre par petit millimètre, il se rapprochait de la coquille. Mon pouls s'accéléra, et j'aurais certainement transpiré si nous avions été sur la terre ferme. Mes poings étaient serrés, mes ongles s'enfonçant dans mes paumes lorsque l'air toucha enfin la coquille.

La mâchoire de la plante se referma brusquement, les dents jaillissant, prêtes à empaler l'intrus.

Mais mon courant d'air revint vers moi avec enthousiasme, me faisant tourner en rond avec lui dans l'eau.

Je couinai, et il ralentit. Je sentis quelque chose pousser ma main, froid et ferme. Quand je baissai les yeux, le courant d'air s'était rétréci, essayant d'ouvrir mon poing. J'écartai les doigts, et l'air laissa tomber le petit coquillage dans ma paume.

— Oh là là ! Tu es incroyable !

Le courant d'air recommença à bouger, me faisant tourner à nouveau en cercle et presque lâcher le coquillage.

— Waouh ! ris-je.

Il s'arrêta, formant à la place un tourbillon d'un pied de haut devant moi, rebondissant dans l'eau.

— Merci beaucoup, rayonnai-je avant de me tourner vers Poséidon.

Il regarda le petit tourbillon avec méfiance, avant de nager vers moi. Je tendis la coquille.

— Tu ferais mieux de prendre ça, dis-je.

De la lumière brilla dans ses yeux, puis il tendit la main, prit le coquillage et le rangea dans une poche dissimulée de sa toge.

— Ton étoile de mer de soutien émotionnel peut-elle nous dire le temps qu'il nous reste ? me demanda-t-il, une fois la coquille en sécurité.

— Kryvo ?

— Quarante-six minutes, couina Kryvo.

Poséidon hocha la tête et remonta vers le bord de la vallée.

— De rien, marmonnai-je en nageant après lui.

ALMI

*L*orsque nous émergeâmes de la vallée pour retourner dans le bol, je me contentai de laisser Poséidon prendre les devants. Nous nageâmes pendant ce qui me sembla une éternité, avec le fond marin en contrebas presque toujours d'un vert éclatant.

— J'ai cherché d'autres étoiles de mer dans le palais avec des vues sur des plantes aquatiques mortelles, déclara Kryvo.

— Tu as trouvé ?

— Oui. Quelques-unes. Je te ferai savoir si ça devient pertinent.

— Qu'est-ce que je ferais sans toi, hein ?

— Je doute que tu te cacherais, grommela-t-il.

Enfin, le vert en dessous commença à évoluer, quand une mauvaise herbe rose vif s'insinua entre les herbes. Au bout de quelques mètres, elle avait étouffé tout le reste, rendant les vallons du fond marin complètement roses.

Je m'approchai plus près, cherchant soigneusement des coquillages, ou tout ce qui aurait pu en contenir. Mais s'il y en avait par ici, ils étaient trop bien cachés pour que je puisse les repérer. Poséidon plongea soudain devant moi, et je supposai qu'il avait trouvé quelque chose.

Je nageai vers lui avec enthousiasme, puis je ralentis.

Il était entre les herbes roses, mais il ne cherchait pas de coquillage, comme je l'avais cru. Les mauvaises herbes s'étaient enroulées autour de sa taille et essayaient de le tirer vers le bas. Ses mains brillaient tandis qu'il se débattait, mais les herbes étaient trop rapides, le faisant tourner d'un côté, puis de l'autre, et épinglant complètement ses bras contre ses flancs.

Pourquoi ne les avait-il pas déjà détruits avec de la magie ?

L'inquiétude m'envahit, et j'accélérai l'allure, mais je vis alors la silhouette à la peau sombre de Kalypso, à trois mètres de moi. Les mauvaises herbes ne l'avaient pas attrapée – elle était trop en hauteur. Mais elle tendait la main, et je distinguais à peine une ondulation dans l'eau venant de sa paume, dirigée tout droit vers Poséidon.

Je sortis mon couteau de ma gaine à la cuisse et fonçai vers lui. Dès que j'eus atteint sa forme agitée, je me mis à couper les mauvaises herbes, mais le poignard les effleurait à peine.

— Dans ma toge, gronda Poséidon qui essaya de se retourner vers moi.

Une herbe rose serpenta autour de mon poignet, et j'écartai vivement la main, en tâchant de garder mon corps bien au-dessus de celui de Poséidon. Cependant, je me sentais écrasée par le poids d'un fort courant qui me poussait. En ondulant autour de ma tête, le courant emporta les bulles qui me fournissaient de l'air.

Merde.

Je retins mon souffle, tendant la main vers le haut de la

toge de Poséidon, où je savais qu'il gardait son poignard, attaché à sa poitrine.

Le manque d'air et la pression de la magie de Kalypso me firent ignorer l'étincelle lorsque mes doigts effleurèrent son torse, et je sortis le poignard.

Il était nettement plus tranchant que le mien, et je coupai les mauvaises herbes en quelques secondes.

Libre, Poséidon surgit vers le haut, filant dans l'eau tout droit vers Kalypso.

Elle se redressa pour l'affronter, et des courants incandescents s'entrechoquèrent entre eux alors qu'ils se frappaient l'un l'autre à coup de magie aquatique.

Mes bulles resurgirent autour de moi maintenant que la magie de Kalypso se dirigeait ailleurs, et je pris une inspiration reconnaissante.

Quelque chose effleura ma cheville, et je baissai les yeux, relevant les genoux dans l'eau quand je vis que c'était une herbe rose qui se tendait vers moi.

— Oh non, certainement pas, lui dis-je.

Je regardai s'affronter les deux dieux de l'océan. Si Poséidon utilisait trop de pouvoir, il se changerait en pierre. Je devais l'aider.

Air ? Tu as envie d'envoyer Kalypso quelque part loin d'ici ?

Les minuscules bulles d'air qui pétillaient dans l'eau s'unirent à nouveau en un petit tourbillon.

— Je t'en dois une. Ou deux, dis-je à haute voix.

D'un bond, le tourbillon se dirigea vers Kalypso. Il frôla Poséidon d'assez près sur son chemin pour soulever sa toge, me dévoilant le short sombre que je savais maintenant qu'il portait en dessous, puis s'écrasa sur Kalypso.

Au moment de la frapper, il se dilata, la soulevant dans l'eau et la retournant, encore et encore. Heureusement, elle portait aussi des sous-vêtements, car la jupe de sa robe sombre se releva, et je l'entendis pousser un rugissement de colère. Le tourbillon se dilata à nouveau, puis propulsa son corps à travers la surface. Une seconde plus tard, au loin, je vis une perturbation dans l'eau signalant son retour dans l'océan.

Poséidon se retourna lentement vers moi, et je refermai vivement ma mâchoire qui s'était décrochée.

Je fis de mon mieux pour avoir l'air cool alors que Poséidon me regardait, ses yeux brûlants de lumière bleue. De la pierre rampait sur son cou et le long de sa mâchoire.

— C'était impressionnant, dit-il prudemment.

— Merci.

Je regardai le tourbillon, toujours haut de trois mètres et tournoyant près de la surface.

— Merci à toi aussi ! lui criai-je. Tu as botté le cul de ce Titan !

Avec un dernier sifflement, il se dissipa.

— Je suggère que nous nagions dans la direction opposée à celle où elle est redescendue, déclara Poséidon.

— Ouvrez la voie, Sire, dis-je en le saluant.

Une forte adrénaline me jaillit dans le corps, une impression de surréalisme prenant le dessus sur mes pensées rationnelles.

J'étais dans le jardin sous-marin mortel de la déesse de l'amour, et je venais d'utiliser la magie de l'air pour éjecter un putain de Titan à plus de cent pieds.

Comment diable avais-je atterri ici, depuis ma petite caravane merdique à Oxford ?

Mon émerveillement devant ma situation ne fit qu'augmenter à mesure que nous continuions à nager. Le paysage en contrebas changea de nouveau, l'agressive herbe rose laissant place une fois de plus à de hautes herbes vertes et bouillonnantes. Mais bientôt, il y eut aussi des turions. Au début, ils étaient assez petits, mesurant peut-être pas plus de quelques pieds. Mais plus nous progressions, plus ils grandissaient, jusqu'à atteindre la surface de l'eau. Nous nous étions éloignés de la cuvette et de Kalypso, qui devait fulminer maintenant, en prenant un affluent qui conduisait dans la direction opposée. Comme nous avions nagé en décrivant une courbe légère, la cuvette n'était plus visible derrière nous.

Bientôt, ce fut comme si nous étions dans une forêt sous-marine, avec des racines colossales qui s'étiraient vers le soleil tels des troncs d'arbres autour de nous.

Bientôt, elles formèrent des auvents qui ressemblaient à des nénuphars géants au-dessus de nos têtes, aux éclatantes teintes orange et violettes qui modifiaient la couleur de la lumière filtrant à travers eux, et projetaient des ombres étranges sur nous pendant que nous nagions.

J'avais de plus en plus l'impression d'être dans un rêve, mais je n'étais plus tout à fait sûre que ce ne soit pas un cauchemar. Il y avait quelque chose à la fois de beau et d'étrange dans la forêt.

Je ralentis lorsque quelque chose à côté d'une des hautes racines attira mon attention. C'était une sorte de colonne à facettes avec un sommet triangulaire, sortant du lit herbeux de la rivière. Elle était de couleur grise, et en regardant de plus près, je réalisai qu'elle était en pierre. Alors que nous nous en approchions, une ouverture apparut d'un côté, petite et sombre.

L'inquiétude déferla sur moi, l'impression de danger arrivant presque trop tard.

— Stop !

Poséidon s'arrêta et se tourna vers moi juste au moment

où quelque chose jaillissait de la colonne de pierre, sifflant à quelques centimètres de sa figure. S'il ne s'était pas retourné, le projectile l'aurait frappé.

— Qu'est-ce qui ne va pas ?

— Cette chose vient de tirer une flèche sur toi, ou un truc comme ça, dis-je en désignant la colonne.

Il se retourna, et je criai encore.

— Recule !

Il le fit, mais pas avant qu'une autre flèche ne jaillisse de la colonne, droit vers lui. Il s'écarta de sa trajectoire.

— J'ai vu la flèche, dit-il lentement. Mais pas d'où elle vient.

— De cette colonne.

— Je ne vois pas de colonne.

Sa voix gargouillante était d'un sérieux mortel, et je fronçai les sourcils.

— Comment est-ce possible ?

— Il n'y rien là-bas. Bien que je présume que tu dis la vérité.

Je reniflai.

— Pourquoi est-ce que je mentirais ?

— C'est bien ce que je me suis dit. S'il y a des sentinelles, alors nous sommes probablement sur la bonne voie pour trouver quelque chose de valeur. Y en a-t-il d'autres ?

— Des sentinelles ? demandai-je tout en forçant sur mes yeux pour essayer de voir plus loin entre les racines qui ressemblaient à des arbres.

J'aperçus quelques éclats de pierre grise entre les troncs.

— Il y en a d'autres. Mais si tu ne peux pas les voir, comment vas-tu continuer ?

Il s'arrêta.

— Je ne peux pas. Tu vas devoir le faire.

— Hein ?

— Il est évident que tu peux te débrouiller. Tu vas y aller. Je surveillerai tes arrières d'ici.

Je déglutis avec difficulté, et Kryvo chauffa sur ma poitrine.

— On peut le faire, n'est-ce pas Kryvo ?

— Non.

Le visage de Lily m'envahit l'esprit. *Bien sûr que tu le peux. Tu viens de battre Kalypso.*

Je fronçai la figure. *Seulement parce qu'elle était distraite par Poséidon et qu'elle ne s'y attendait pas.*

Absurde.

— Je ne suis pas assez rapide pour passer entre les flèches, dis-je à Poséidon. Mais toi si. Je pense qu'on aura une meilleure chance ensemble.

C'était vrai, je pensais que nous avions une meilleure chance ensemble. Mais je ne voulais vraiment pas continuer sans lui.

Il me regarda un instant, ses cheveux argentés flottant derrière lui.

— D'accord.

Il tendis la main, et je la pris.

— Allons plus bas, suggérai-je en mesurant la colonne du regard.

Dès que Poséidon commença à descendre, la colonne de pierre tira des flèches. Il fut assez rapide pour passer en dessous, mais quand je regardai à gauche, je réalisai que nous étions sur le chemin d'une autre colonne plus basse.

— Remonte !

Il le fit.

Je n'osai pas cligner des yeux pendant que nous nous déplacions, tournant la tête de gauche à droite, et criant des instructions alors que Poséidon nous faisait avancer à travers le déluge de flèches.

— En haut ! criai-je, puis : encore en haut !

Des flèches sifflaient, certaines à une bonne distance de sécurité, et d'autres si proches que je pouvais sentir le courant contre ma peau.

Poséidon nous fit progresser jusqu'à ce que la forêt épaisse de racines et de colonnes semble s'éclaircir brusquement, et qu'apparaisse une grande clairière.

— Je pense que ça va, hoquetai-je alors que nous pénétrions dans la clairière, cherchant frénétiquement des sentinelles de pierre mais sans en voir aucune.

— Heureusement, grogna Poséidon, nous faisant ralentir jusqu'à l'arrêt.

Sa voix était tendue.

— Ça va ? demandai-je en lui faisant face.

Il n'allait pas bien. Je pus le voir immédiatement.

Du sang coulait sur son bras, et la pierre recouvrait maintenant plus de la moitié de la peau que je pouvais voir.

— Il y en a une qui m'a touché. Je crois que c'était empoisonné. Je m'affaiblis rapidement.

— Merde.

— On doit trouver la coquille rouge et partir d'ici au plus vite. Je vais avoir besoin de guérison très bientôt.

— Merde, merde, merde.

La peur se frayait un chemin en moi, et pas seulement parce que je risquais de le perdre en tant que partenaire.

J'avais peur pour lui. L'idée qu'il souffre, la tension dans sa voix, le sang que je pouvais voir – brillant comme de l'argent, comme le sang de tous les dieux… Tout cela me faisait me sentir mal.

J'avais besoin de lui fort et en bonne santé, et… *heureux.*

Pourquoi diable avais-je besoin qu'il soit heureux ?

Pas le temps, Almi. La voix de Lily me tira de mes émotions.

— Pas le temps, murmurai-je.

Poséidon fronça les sourcils.

— La coquille, répéta-t-il sérieusement. Je pense que cette chose pourrait être un indice, vu sa couleur.

Il pointa son bras indemne vers quelque chose d'énorme et de rouge au milieu de la clairière, et ensemble, nous nageâmes dans cette direction.

ALMI

L'eau sembla se réchauffer à mesure que nous nous rapprochions, et mes sourcils se haussèrent quand j'observai la scène.

C'était une sorte de fleur, et elle avait l'air un tout petit peu familière. Elle avait un trou circulaire au milieu, à l'intérieur sombre et inquiétant, et était bordée de feuilles massives qui s'enroulaient sur les côtés et étaient recouvertes de points orange vif.

— C'est une fleur cadavre, déclara Kryvo.

— Une fleur cadavre ? Eh bien, ça n'a pas l'air chouette.

— Quand on la sort de l'eau, ça sent la chair pourrie.

— Charmant.

— C'est aussi toxique.

J'aurais pu le deviner à sa couleur vive. Elle était si rouge que j'avais presque mal aux yeux en la regardant.

— Je vais m'aventurer à dire que la coquille est dans ce trou menaçant au milieu, dis-je.

Poséidon me jeta un coup d'œil.

— Tu vas envoyer ta magie de l'air pour vérifier ?

— Bien sûr, dis-je en haussant les épaules, alors que mon rythme cardiaque s'accélérait.

Avoir de la magie, c'était drôlement cool, mais j'allais essayer de me comporter en adulte.

Air ? Tu pourrais me rendre un autre service ?

Aussitôt, les bulles reformèrent le petit tourbillon, qui traversa l'eau jusqu'à moi.

— Merci. Poséidon ici présent est un peu pressé, parce qu'il a été touché par une flèche empoisonnée, alors si tu pouvais vite aller dans cette grosse fleur là-bas et attraper la coquille pour moi, je t'en serais très reconnaissante.

— Je serais encore plus reconnaissant si tu ne m'embêtais pas au passage, ajouta Poséidon.

Un petit sourire jaillit sur mes lèvres, et une chaleur se répandit dans ma poitrine alors que je le regardais.

Il souffrait, et nos vies étaient en danger, mais j'étais à peu près sûre que le dieu si sérieux qu'il en était presque constipé venait de faire une blague.

Le tourbillon se dirigea vers Poséidon, souleva ses cheveux au-dessus de sa tête, rebondit pendant une seconde, puis se dirigea vers la grande fleur rouge.

— Je prends ça pour un non, soupira Poséidon.

— Ne me regarde pas, dis-je en levant les mains. On m'a dit qu'on ne pouvait pas contrôler l'air, seulement lui demander des faveurs.

Je lui souris, et il secoua la tête.

Un bruit nous fit tous les deux nous retourner vers la fleur, d'abord aigu et peu audible, puis plus grave et plus mélodieux.

— Est-ce que la fleur… chante ?

Mon petit tourbillon s'abaissait dans le trou au milieu. Sous mes yeux, toutes les feuilles se contractèrent soudain ; le trou se referma, puis s'ouvrit à nouveau en projetant quelque chose dans l'eau. C'était une poussière fine et brillante, des paillettes scintillantes dorées et rouges jaillissant sur des dizaines de pieds dans toutes les directions.

Y compris la nôtre.

— Kryvo, à quel point cette chose est-elle toxique ? lui demandai-je rapidement, reculant déjà.

— Extrêmement. Tu vas devenir folle, puis mourir.

— Et comment envoie-t-elle ses toxines ?

J'essayai de contenir la panique dans ma voix, mais je ne pouvais plus voir le tourbillon, et la matière scintillante tombait rapidement dans l'eau vers nous. Nous étions piégés dans la clairière, les colonnes de pierre bordant chaque sortie que j'apercevais dans la forêt.

— D'après ce que je vois sur cette peinture murale, euh…

Il se tut, et je déglutis.

— Il la projette dans les clairières où sa proie est prise au piège ?

— Oui.

L'eau ondula tout autour de nous, et la tête me tourna alors que des paillettes envahissaient mon champ de vision. La musique devint plus forte, une mélodie enchanteresse qui semblait monter à chaque seconde. Je me sentis sereine, et la forêt sembla plus lumineuse, d'une certaine manière.

Un mouvement au-dessus de ma tête attira mon attention, et je vis des nénuphars rouges géants s'étendre depuis la lisière de la forêt, et commencer à recouvrir la clairière. La lumière changea de couleur, les rouges et les oranges se détachant sur le lit vert du fond marin.

— C'est tellement beau, soufflai-je.

— Tu es belle.

Je regardai Poséidon, le souffle coupé par l'expression sur son visage.

De la faim.

Une faim brute et débridée.

Les vagues s'écrasaient sur sa toge, et il était une image de force et de férocité dans ces jardins sous-marins calmes, magnifiques et étranges.

La musique montait, et plus je regardais son visage, plus je me fichais de tout à part lui.

Même la pierre, qui bordait sa figure et recouvrait ses bras, était magnifique.

— Pourquoi es-tu si malheureux ?

La question quitta mes lèvres, et les mots se perdirent aussitôt dans la mélodie qui emplissaient l'eau.

— Toi.

— Je te rends malheureux ?

— Tous les jours.

La douleur me transperça, un sentiment de confusion poignardant ma conscience.

— Je ne veux pas que tu sois malheureux.

En un clin d'œil, il fut devant moi, un bras autour de ma taille, l'autre poussé dans mes cheveux, attirant mon visage vers le sien.

Nous tournâmes dans l'eau, ma jupe flottant autour de moi, tandis que le monde disparaissait et que j'étais submergée par une lumière douce, de l'eau chaude et une musique délicieuse.

Ses lèvres étaient à quelques centimètres des miennes, et je n'avais jamais vu aussi distinctement les vagues dans ses yeux.

— Toi… Je suis censée te détester.

De la colère et de la peur palpita sur ses traits, les vagues rugissant dans les profondeurs infinies de ses iris.

— Tu seras notre mort à tous les deux, dit-il.

Puis sa bouche rencontra la mienne.

Du désir explosa en moi, et mes jambes se soulevèrent pour s'enrouler toutes seules autour de lui. Sa langue joua avec la mienne, puis il me serra plus près, m'embrassant comme il l'avait fait sur le bateau, comme un homme qui aurait renoncé à n'importe quoi pour ça. Pour le goût de quelque chose d'interdit, quelque chose pour lequel il valait la peine de tout risquer.

Je l'embrassai en retour, avec tout ce que j'avais, pour lui rendre la pareille. Je n'imaginais pas qu'un baiser pouvait en dire autant, signifier autant. Mais à ce moment-là, j'aurais tout abandonné pour lui.

Tout ?

Le mot se répéta dans ma tête, doucement d'abord, puis bruyamment.

D'une voix forte et qui n'était pas la mienne.

Je me figeai, et Poséidon se raidit. Nos lèvres se séparèrent, et je pris soudain conscience que quelque chose n'allait pas.

La lumière avait changé, s'était assombrie. La seule chose maintenant distincte dans l'obscurité était la fleur cadavre, brillant d'un rouge éclatant au milieu de la clairière. Les nénuphars au-dessus de nous étaient devenus sombres et opaques, et une impression de claustrophobie se referma sur moi.

Poséidon m'étreignait toujours, et mes jambes étaient toujours enroulées autour de lui, lorsqu'un cri déchira l'eau. Je resserrai ma prise alors que nous tournions tous les deux la tête, à la recherche de l'origine du bruit.

Le cri changea, se transformant en un long et horrible gémissement qui me fit mal au ventre.

— Qu'est-ce que… ? commençai-je à dire.

Puis je vis le visage de Poséidon. L'horreur était gravée dans son expression, et il me repoussa, me projetant dans l'eau. J'essayai de me redresser, puis je me figeai. Il y avait quelque chose derrière lui. Beaucoup de choses. Des silhouettes ressemblant à des spectres sortaient de la fleur cadavre, rougeoyantes, à peine visibles, et elles convergeaient vers Poséidon.

La peur était si forte qu'elle paralysait les muscles qui se dilataient en moi. Ma gorge se serrait, et j'avais du mal à respirer. Le gémissement hurlant devint plus fort, et ma terreur aussi.

— Kryvo !

Je sanglotai à moitié le nom de l'étoile de mer alors que Poséidon continuait à me fixer avec horreur, les spectres nageant autour de lui. Chaque fois qu'ils lui effleuraient la peau, je voyais des morceaux de sa chair tomber et se transformer en pierre avant de dériver jusqu'au fond marin.

— Elles sont toutes mortes, s'étrangla l'étoile de mer.

Sa voix était minuscule, et j'essayai de bouger, mais mes membres étaient immobiles. Je coulais dans l'eau, incapable de donner des coups de jambes pour me maintenir à flot.

Almi.

La voix de Lily était limpide dans mon esprit, et j'aspirai de l'air.

Almi, ce sont les toxines de la fleur. Nage jusqu'à la fleur, récupère le coquillage.

— Je ne peux pas. Poséidon...

Il était déchiré par les spectres sous mes yeux, et je ne pouvais rien faire. J'allais le regarder mourir.

Je ne pouvais pas. Je ne pouvais pas le voir mourir.

J'avais besoin de lui.

Almi, nage vers cette putain de fleur maintenant !

Ma sœur ne criait jamais.

Elle ne jurait jamais.

Le choc brisa ma stupéfaction.

— Ce n'est pas réel, haletai-je.

Ce n'est pas réel. Kryvo a dit que tu deviendrais folle, puis que tu mourrais. Va chercher la foutue coquille.

— Ce n'est pas vrai ! répétai-je, à voix haute cette fois, en criant les mots à Poséidon. Ce n'est pas réel !

La troisième fois que je le dis, j'eus l'impression d'avoir enfin déverrouillé mes jambes, et je donnai des coups de pied violents. Tous les spectres se tournèrent vers moi.

Mon estomac se noua complètement de peur, et je faillis me crisper à nouveau, mais Lily était là, dans ma tête.

Nage. Il faut que tu nages.

Serrant les dents, je me détournai d'eux et nageai vers la fleur.

ALMI

*D*es larmes coulaient sur mes joues alors que je me dirigeais vers la fleur rougeoyante. Plus je me rapprochais, plus le cri gémissant devenait fort, une douleur intense me transperçait la tête, et un sentiment accablant de désespoir s'insinuait en moi.

Je me forçai à traverser la barrière de bruit affreux autour de la fleur cadavre.

Alors que j'arrivais au-dessus, ma vision devint confuse, et tout me sembla vaciller et se renverser.

Alors, les spectres furent *partout.*

Ils fondirent sur moi, m'étouffant entre leurs corps translucides.

— Nage vers le bas ! me parvint la voix de Kryvo.

Je suivis ses instructions aveuglément, essayant d'incliner mon corps vers le bas et de donner des coups de jambes. Je sentis ma jupe se coller à mes mollets, et la colère commençait à remplacer la peur, ma frustration et ma terreur s'agglutinant pour se transformer en quelque chose de nouveau.

— Continue !

Mes doigts étendus frôlèrent quelque chose, et une nouvelle vision emplit mon esprit.

Lily.

Sur sa paillasse chez Silos, la pièce brûlant autour d'elle. Les flammes léchaient son lit, son corps, mais ne lui faisaient aucun mal. Parce qu'elle était entièrement changée en pierre.

— Non !

— Almi, tu es si proche !

La voix de Kryvo déchira l'image, mais quand ma propre vision me revint, il n'y avait plus que les corps tourbillonnants des spectres.

Je poussai fort dans mes jambes et priai.

Air ! Aide-moi !

Avec une explosion d'énergie si forte que je la ressentis jusqu'au cœur, les spectres furent projetés en arrière, me dévoilant une vue dégagée sur le trou au milieu de la plante. Un coquillage rouge solitaire se trouvait juste à ma portée, et je me précipitai vers lui.

Lorsque je le ramassai, une autre explosion de substance scintillante vola autour de moi, et un tourbillon aussi gros que moi m'emporta, me souleva et me retourna vers Poséidon. La pierre recouvrait presque chaque centimètre carré de sa peau, et je poussai la coquille rouge vers lui alors que du noir rampait dans ma vision périphérique.

Il enroula sa main autour de la mienne, et tout disparut.

Je me retrouvai sur une plage, avec du sable blanc qui s'étendait dans toutes les directions. Mais je remarquai à peine mes environs.

— Lily !

L'image de la pièce brûlant autour de son corps de pierre était gravée dans mon crâne, et les toxines me retenaient toujours dans leur emprise. Tout tournait autour de moi, et la seule chose qui me maintenait debout, c'était Poséidon.

Nous avions toujours les mains serrées autour de la coquille, et quand une de mes jambes céda, il tomba à genoux avec moi.

— Almi, murmura-t-il. Almi.

J'essayai de me concentrer sur lui, de voir autre chose que l'image de Lily.

Ses yeux bleus transpercèrent les flammes dans ma tête, et je m'y accrochai.

— Poséidon.

Il se pencha en avant, déposant un baiser sur mes lèvres, si tendre que cela apaisa momentanément mon esprit agité.

— Almi, murmura-t-il une fois de plus avant de s'effondrer sur le sable.

Je n'eus pas la force de l'empêcher de m'entrainer vers le bas avec lui, et alors que je touchais terre, je perdis conscience.

Quand je me réveillai, tout ce que je vis, ce fut Lily. Les flammes détruisaient la pièce autour d'elle, et elle gisait, sans vie, granitique, au milieu du chaos.

— Lily !

— C'est bon, c'est bon, m'apaisa une voix féminine. Lily va bien, c'était une hallucination due aux toxines de la fleur cadavre.

Je clignai des yeux devant le visage calme de Perséphone.

— Quoi…

Je fus interrompue par une vague massive de nausées.

Comme si elle savait, Perséphone pressa une main sur ma poitrine, ses vignes dorées coulant de sa paume. La nausée disparut.

— C'est une bonne chose que je sois douée avec les plantes, me sourit-elle. Tu devrais être morte.

— Comment va Poséidon ? demandai-je en prenant une profonde inspiration. Où suis-je ?

— On est dans ta chambre.

— Kryvo !

Paniquée, je me redressai.

Je vis l'étoile de mer sur la commode, d'un rouge plus pâle qu'elle n'aurait dû l'être. Je luttai pour sortir mes jambes de sous les couvertures, essayant d'arriver jusqu'à lui, mais la nausée me submergea, et je fermai la bouche et les yeux.

— Du calme.

Je sentis qu'on me tirait vers le lit, et mon estomac se calma à nouveau.

— Kryvo, c'est ton étoile de mer ?

Je hochai la tête, ne voulant pas ouvrir la bouche au cas où je vomirais.

— Il va bien. Les créatures aquatiques gèrent les toxines un peu différemment. Il aura besoin de dormir un bon moment, mais il va s'en remettre.

Le soulagement me fit retomber sur mes oreillers.

— Quant à ton mari…

Je me redressai, ouvrant les yeux.

— Il est immortel, mais le fléau de la pierre l'a vraiment affaibli. Il a aussi souffert du poison de la flèche et il a fallu beaucoup de temps avant qu'il reprenne conscience.

— Mais il va bien ?

— Oui.

Sa voix était hésitante, et je compris qu'elle ne me disait pas tout.

— Qu'est-ce qui ne va pas ?

— Il est faible, Almi. Si faible que je crains qu'il ne se transforme à nouveau en statue, après avoir trop utilisé ses pouvoirs.

— Le fléau le tue, murmurai-je.

— Oui. Je pense que oui.

Je me mordis la lèvre.

— Mon pouvoir s'éveille enfin, et je peux communiquer avec l'air, maintenant. Est-ce que ça signifie que le cœur de l'océan va apparaître aussi ?

Elle haussa les épaules.

— Honnêtement, je ne sais pas. Poséidon est celui qui a entendu la prophétie de l'Oracle, n'est-ce pas ?

— Oui.

— Alors toi et lui devez régler ça. Mais je ne sais pas si vous aurez beaucoup de temps avant la prochaine Épreuve. C'est exactement ce que veut Atlas, que vous soyez tous plus faibles à chaque fois.

Je fronçai les sourcils.

— Atlas est un connard froid et sans cœur.

— D'accord. Mais il n'est pas stupide. Il y a une cérémonie au palais d'Aphrodite, ce soir.

Mon estomac se noua.

— Merde. Il va nous envoyer directement à la prochaine Épreuve à partir de là, n'est-ce pas ?

— Probablement. Je dois te prévenir, le palais d'Aphrodite est un peu… délicat.

— Délicat ?

— Je te dirai quand tu te seras reposée.

— Merci. De nous avoir sauvés.

— De rien, Almi.

. . .

Quand je me réveillai la fois suivante, j'étais envahie par exactement la même image de Lily dans la pièce en feu.

Je m'entendis crier alors que je me débattais sous les couvertures.

— C'était un rêve, haletai-je à haute voix à mesure que l'image s'estompa et que ma chambre reparut.

— Un mauvais rêve.

Ma tête sursauta à cette voix.

— Poséidon !

— Est-ce que tu vas bien ?

Il avait l'air inquiet, ses cheveux argentés dégagés de son visage bronzé, vêtu de ses vêtements de combat en cuir bleu. Il était assis sur une chaise qui avait été tirée jusqu'à mon chevet, et se penchait vers moi.

— Depuis combien de temps tu es ici ?

— Pas longtemps. Tu rêvais.

— Oui.

Il me lança un regard long et intense qui ne quitta jamais mon visage. Soudain alarmée, je baissai les yeux vers moi. Je portais une chemise blanche sortie du placard, vis-je avec soulagement.

Envoyant des remerciements silencieux à Perséphone pour avoir veillé à ce que je sois décente pendant que j'étais inconsciente, je regardai autour de moi dans la pièce.

— Il y a de l'eau quelque part ? J'ai soif.

Il se leva et se dirigea vers un plateau à roulettes couvert de nourriture et de boisson.

— Perséphone a dit de ne pas manger trop vite, car cela pourrait te rendre malade, déclara-t-il.

Je hochai la tête, le regardant avec méfiance.

— On dirait mon infirmière.

Quand ses yeux croisèrent à nouveau les miens, le souvenir de notre baiser dans la clairière me traversa l'esprit. Je sentis mes joues chauffer.

— J'ai ressenti le besoin de m'assurer de ta santé, dit-il maladroitement.

— Ce, euh...

Je pris une inspiration rapide.

— Ce baiser. C'étaient les toxines de la fleur. Hein ?

Cela n'expliquait pas le baiser sur le bateau.

Ou ce que je ressentais à chaque fois que ma peau touchait la sienne.

Ou mon stupide désir ardent qu'il soit heureux.

— Oui, dit-il. Les toxines.

— Les toxines, répétai-je en soulevant du plateau une pâtisserie recouverte de sucre, ainsi qu'un verre d'eau.

Il recula, mettant un peu de distance entre nous.

— Entre les toxines et les liens du mariage, ça devient de plus en plus difficile de te détester, marmonnai-je autour de ma pâtisserie.

De l'émotion passa dans ses yeux, et quand il parla, sa voix était douce.

— Tu me détestes toujours ?

Je bus une longue gorgée d'eau, essayant de trouver comment lui répondre. Mon esprit était encore un peu embrumé, mais j'étais agitée et douloureusement consciente que j'avais failli mourir. Décidant que l'honnêteté ne pouvait pas faire de mal maintenant, je répondis aussi sincèrement que possible.

— Oui. Tu m'as arrachée à Lily. C'était impardonnable.

— Impardonnable, répéta-t-il tranquillement. Il n'y a rien qui ne puisse être pardonné.

Ses yeux étaient devenus durs, sa mâchoire serrée.

— Je ne sais pas si c'est vrai.

— Ça doit être vrai, dit-il doucement. Le pardon ou la vengeance. Ils sont tout ce que nous avons.

— Qu'est-ce que tu racontes ?

— Rien.

Ses yeux se verrouillèrent dans les miens.

— À quoi rêvais-tu ?

— Merde, tu es difficile à suivre, tu sais ça ? dis-je en mâchonnant ma pâtisserie et en lui lançant un regard noir.

— Que veux-tu dire ?

Il avait l'air vraiment déconcerté, et une once de pitié se fraya un chemin à travers mon agacement.

— Tu dis des trucs, et je ne sais pas de quoi tu parles. C'est tout énigmatique et mystérieux. Ou alors, tu t'énerves et tu pars au milieu de la conversation. Tu n'es pas facile à côtoyer.

Non pas que cela m'empêche d'avoir envie d'être près de lui.

— Je... n'ai pas l'habitude de partager des pensées de cette nature avec les autres, finit-il par dire. Je suppose que je ne suis pas très doué pour ça.

Il prononça ces mots comme s'ils avaient mauvais goût, et je songeai qu'il ne devait pas souvent reconnaitre qu'il n'était pas très doué à quoi que ce soit. Ou pas du tout.

— Toi et Galatée discutez de tout, dis-je en mâchant toujours.

— Pas de choses comme ça.

— Comme quoi ?

Il me lança un regard noir, les vagues grandissant dans ses yeux et ses mains tressautant à ses côtés.

— Les émotions, cracha-t-il finalement.

Je haussai les sourcils.

— C'est toi qui parles de tes émotions ?

Il laissa échapper un soupir de colère.

— *Tu* ne me facilites pas les choses.

— Tu ne le mérites pas.

Je ne pouvais pas m'empêcher d'être dure avec lui, je luttais contre une décennie de colère. Mais le dieu de la mer, si froid, dur et plein de maîtrise, essayait-il de me parler d'émotions ?

— Écoute, la seule personne avec qui je partage ce genre de trucs, c'est ma projection imaginaire de ma sœur. Donc, ce n'est pas comme si j'étais une experte, admis-je. Mais je pense qu'on devrait être honnêtes l'un envers l'autre si on veut survivre.

— Il y des choses que tu ne peux pas savoir.

Je soupirai.

— Quelle surprise. Tu vas me dire ce que tu sais à propos du cœur de l'océan ?

— Je l'ai déjà fait. Je n'en sais pas plus que toi, maintenant.

— Génial.

Je mordis dans un autre morceau de pâte, en roulant des yeux.

— À quoi rêvais-tu ?

L'urgence dans sa voix me fit le regarder.

— Ma sœur. La fleur m'a fait la voir complètement changée en pierre, et le bâtiment où elle se trouvait était en feu.

Je sentis les larmes me remplir les yeux pendant que je parlais, et je les maudis intérieurement. Je ne voulais pas avoir l'air faible.

— Ç'avait l'air très vrai. C'était bouleversant.

— L'image est toujours claire dans ta tête ?

— Oui.

— Quand nous étions dans la clairière, je... j'ai vu les spectres aquatiques te déchirer.

De la tension bordait chacun de ses mots.

— J'ai vu ça aussi. Ils t'arrachaient des morceaux de chair.

Je frissonnai à ce souvenir.

— Mais c'est ta sœur que tu vois dans tes cauchemars ? demanda-t-il.

Je hochai la tête en le fixant du regard, essayant de comprendre ce qu'il sous-entendait. Que mes cauchemars auraient dû être à propos de lui ? Ou qu'il faisait des cauchemars à propos de moi ? Son regard plongea dans le mien, puis de la lumière vacilla dans ses yeux.

— Est-ce que ça te ferait du bien de la voir ?

— Quoi ? m'exclamai-je en me précipitant vers le bord du lit. Que veux-tu dire ?

— Je vais te conduire jusqu'à elle. Tout de suite. Pour te rassurer.

— Tu ferais ça ?

— Oui. Tu m'as sauvé la vie. Encore une fois.

Je m'interrompis.

— Alors, tu vas m'y conduite parce que tu me dois quelque chose ?

Une pointe de déception inattendue à l'idée qu'il m'y emmène uniquement par obligation atténua mon excitation.

Il ouvrit la bouche pour dire quelque chose, puis la referma, m'adressant simplement un signe de tête à la place.

— D'accord. Sors de la pièce pour que je puisse m'habiller, lui dis-je, ravalant tout ce que j'aurais pu vouloir lui dire.

S'il allait vraiment m'emmener voir Lily, ce n'était pas le bon moment pour prendre le risque de l'énerver au point qu'il se téléporte sous l'effet de la colère.

ALMI

Je fis à peine attention aux vêtements que je sortis du placard. Je ne pouvais penser à rien d'autre qu'au fait de voir Lily. Voir qu'elle n'était pas pétrifiée, et que la boulangerie ne brûlait pas autour d'elle. L'image explosait derrière mes paupières à chaque fois que je les fermais, même pour une seconde.

Mes pensées se tournèrent vers Poséidon alors que je me brossais les dents à la hâte. Me voyait-il déchirée par les spectres à chaque fois qu'il fermait les yeux ?

Il était sacrément difficile à déchiffrer. Mais j'étais de plus en plus certaine qu'il tenait à moi.

Je savais que ça devait être le lien qui était la cause de cela, parce que je ressentais la même chose. J'étais attirée par lui, à la fois physiquement et d'une manière plus profonde – une manière qui signifiait que sa sécurité et son bonheur n'étaient plus seulement son problème à lui.

Si c'était ce qu'il ressentait pour moi, alors je m'en accommodais. C'était le lien du mariage, et même si c'était agaçant, c'était peut-être la seule chose qui nous maintenait tous les deux en vie. Entre son pouvoir défaillant et ma magie grandissante, nous avions réussi à survivre à trois Épreuves en combinant nos forces.

Me précipitant hors de la salle de bain, je me dirigeai vers la commode et regardai attentivement Kryvo. Je ne détectais aucun mouvement, mais quand je passai mes doigts aussi près de lui que je l'osai, je sentis un peu de chaleur émaner de son corps.

— Perséphone a dit que tu dormais, petit copain, lui chuchotai-je. Je pars un moment, mais je voulais que tu saches que tu es en sécurité ici, et que tu as été incroyable. Dors bien, mon ami.

Lorsque j'ouvris la porte, Poséidon était appuyé contre le chambranle, ses yeux orageux pleins d'émotions conflictuelles et intenses lorsqu'ils se posèrent sur moi.

— Où allons-nous ? demanda-t-il en me tendant la main.

— Tu es assez fort pour nous flasher ?

Je voulais y arriver le plus vite possible, mais je ne voulais pas qu'il utilise du pouvoir qu'il ne pouvait pas se permettre de gaspiller.

Il se renfrogna.

— C'est un jeu d'enfant pour un dieu, grogna-t-il.

— D'accord. Fyki.

— C'est ta ville natale.

— Oui, répondis-je en hochant la tête. Mon ami s'occupe de Lily depuis que tu m'as chassée du Verseau.

Je lui décochai un regard noir, il m'attrapa la main et nous fit sortir du palais.

Nous nous retrouvâmes debout sur la place du marché, et à peu près tous les gens à moins de cent mètres interrompirent ce qu'ils étaient en train de faire pour nous regarder fixement. Poséidon n'était pas du genre ermite, mais je ne me souvenais pas d'avoir jamais vu le dieu dans notre petite ville-dôme quand j'étais enfant.

Je me tournai vers la boulangerie, et il me suivit.

— Silos ? appelai-je en poussant la porte.

Il devait être environ midi, car l'endroit était bondé de clients. Un griffon étendit ses ailes de surprise, frappant une sirène au visage.

— Il est à l'arrière, s'écria une femme derrière le comptoir, sans lever les yeux car elle emballait une miche de pain.

Je me frayai un chemin à travers le groupe de personnes désormais silencieux, jusqu'à l'endroit où je savais qu'on pouvait soulever une trappe du comptoir pour accéder à l'arrière.

La matrone nous jeta un coup d'œil au passage, et sa bouche s'ouvrit quand elle nous regarda à deux fois. Comme un seul homme, de nombreuses personnes dans la pièce tombèrent sur un genou.

Je secouai la tête alors que Poséidon inclinait la sienne vers eux.

— Nous savons que vous allez gagner les Épreuves, Sire, dit un triton vers l'avant.

— Bien sûr que oui, répondit Poséidon.

Je levai les yeux au ciel et poursuivis mon chemin.

— Silos ? rappelai-je une fois que nous fûmes à l'arrière de la boulangerie, où se trouvaient à la fois les fours et les escaliers.

Le simple fait que le bâtiment ne soit pas en feu me rassurait déjà.

— Almi ?

Un visage sombre émergea d'une porte, et Silos sourit d'abord, puis nous regarda d'un air stupéfait en voyant Poséidon derrière moi.

Il sortit complètement de derrière la porte et tomba sur un genou.

— Vous m'honorez ainsi que ma boulangerie, déclara-t-il.

— Je suis là pour voir Lily, dis-je.

Silos releva la tête pour me regarder.

— Bien sûr.

Je me tournai vers les escaliers, puis m'arrêtai quand il reprit la parole.

— Je n'étais pas sûr que tu aies réussi, dit-il d'une voix lourde de soulagement.

Je me tournai vers lui, pour le serrer dans mes bras alors qu'il se levait.

— Je vais bien.

— Bien.

Quand je me retournai vers les escaliers, Poséidon était rigide. L'ignorant, je montai les marches.

Je me hâtai à mesure que je me rapprochais d'elle, et je courais presque quand je poussai la porte de sa chambre. Je me précipitai à ses côtés, submergée par un soulagement absolu lorsque je vis sa peau couleur chair. *Pas de pierre.* Pas non plus d'éclat nacré qu'elle aurait dû avoir, mais ça restait mieux que la pierre. Cependant, en tirant sur les draps, je vis que le fléau avait atteint ses épaules.

Je ravalai la boule dans ma gorge et m'affaissai à côté d'elle.

— Lily. Lily, je suis là, marmonnai-je en penchant ma tête vers la sienne.

Un petit bruit me rappela que je n'étais pas seule, et je levai les yeux pour voir Poséidon dans l'embrasure de la porte. Il était si grand que la pièce paraissait moitié plus petite, et tout à coup, je ne voulais plus de sa présence.

— C'est toi qui as fait ça.

Il secoua doucement la tête.

— Je t'ai rendu la vie difficile, déclara-t-il. Mais je n'ai pas fait ça.

Il s'avança dans la pièce, et je vis la pierre se répandre sur sa propre chair.

— Tu peux la sauver.

Mon cœur cessa presque de battre dans ma poitrine.

Tu peux la sauver.

Personne ne m'avait jamais dit ces mots. Personne d'autre que moi n'y avait jamais cru. Un nouvel espoir m'envahit, comme si le fait que quelqu'un d'autre y croie donnait à ces mots le poids d'une réelle possibilité.

— Je peux la sauver ?

— Tu es la seule personne dans l'Olympe à pouvoir la sauver. Et moi.

Ses paroles sur le navire, quand il m'avait sauvée de la tempête, resurgirent en moi.

« Je te sauverai toujours. »

Et maintenant… Maintenant, c'était à moi de décider ?

Je saisis la main froide de Lily, faisant glisser mes yeux vers elle.

— Comment ?

Des larmes coulaient sur mes joues alors que je contemplais son visage sans vie.

— D'abord, nous débarrassons ce royaume d'Atlas. Ensuite…

Il prit une longue inspiration, et je reportai mon regard sur le sien.

— Ensuite, nous faisons ce qui est nécessaire. L'Oracle, les pouvoirs de Perséphone, même l'Atlantide s'il le faut. Nous irons partout où il le faudra, ferons tout ce qui est nécessaire pour guérir les familles affligées par ce maudit fléau.

Mes larmes coulèrent de plus belle.

Je n'étais plus seule.

Il y avait un engagement dans sa déclaration, d'une sincérité que je n'avais jamais entendue. Il ne s'arrêterait pas tant que nous n'aurions pas trouvé un remède. Et je savais que ce n'était pas seulement pour sauver sa propre peau. Je le savais aussi sûrement que je connaissais mon propre nom. Le roi de la mer aimait son peuple, aimait ses sujets.

— Et le sommeil magique ? soufflai-je.

— L'Oracle nous en dira plus. Elle sera notre première visite, quand ces maudites Épreuves seront terminées.

J'acquiesçai, serrant la main de Lily.

— Ce sera bientôt fini, lui dis-je. Et alors, je pourrai te parler. Pour de vrai. Te voir sourire pour de vrai.

Un sanglot me brisa la voix, et mes paupières se fermèrent alors que l'émotion me submergeait.

Des bras chauds s'enroulèrent autour de mes épaules, et plutôt que de m'éloigner, je me surpris à me blottir contre le dieu.

Je n'avais pas voulu qu'il me voie pleurer. Jamais. Et je ne m'attendais pas non plus à ce qu'il me réconforte si je l'avais fait.

Mais il resserra sa prise autour de moi, et se contenta de me tenir, et mes sanglots retentirent de plus en plus fort.

— Je l'aime, dis-je à travers mes larmes, les mots étouffés contre son torse alors que je me tournai vers lui.

Je ne la lâchai pas, ni n'enroulai mes bras autour de lui, je me contentai de presser ma figure contre sa chaleur solide.

— Je sais. Nous allons l'aider. Je te le promets.

POSÉIDON

J'avais cru sentir mon cœur se briser des centaines de fois auparavant, mais en la voyant avec sa sœur... Pas de loin, en secret, mais assez près pour voir ses mains trembler, pour entendre chaque sanglot me transpercer comme un maudit poignard dans le cœur... C'était insupportable.

Ma maîtrise menaçait de m'échapper un peu plus à chaque minute que je passais en sa présence. Cela m'avait presque brisé de regarder les spectres la démembrer, et maintenant, l'image était gravée dans mon âme.

Jamais, jamais je n'accepterais qu'elle soit blessée.

— *C'est toi qui as fait ça.*

C'était ce qu'elle avait dit.

Elle me tenait pour responsable de la douleur et des tourments que sa perte lui avaient causés.

Au plus profond de mon être, j'aspirais à être l'opposé de cette douleur. À être la vie, la joie qui guérit, la liberté dont elle était si affamée.

Mais c'était mieux ainsi.

J'avais besoin qu'elle me déteste.

ALMI

— Ces robes commencent vraiment à me plaire, dis-je à Kryvo.

— Elles ne sont pas pratiques pour se battre, déclara-t-il.

— Non.

— Ou se cacher, ajouta-t-il.

— C'est vrai. Comment vas-tu ?

Il était collé à ma clavicule, et Perséphone m'avait assuré que la version miniature des flacons que Poséidon m'avait donnés pour prendre des forces assurerait sa guérison.

— Un peu fatigué, dit-il. J'ai du mal à atteindre les étoiles de mer plus loin dans le palais.

— Tu n'as pas à faire ça.

— Je suis ton ami.

— Je sais, et je ne veux pas que tu te fasses mal.

— Tu pourrais avoir besoin de mon aide.

— Tu es très utile, concédai-je. Mais on devrait s'en sortir sans toi.

Il chauffa sur ma peau, et quand il répondit, son ton était chargé d'indignation.

— Si tu ne veux pas de moi, je ne viendrai pas.

— Kryvo, dis-je doucement. Ce n'est pas ce que je voulais dire. Tu as été empoisonné par une fleur mortelle il y a huit heures.

— Toi aussi.

— Oui, et je prendrais certainement plus de temps pour m'en remettre si c'était possible.

— Humph.

Je secouai la tête. On frappa à la porte de la loge, et Galatée entra.

— Le bleu te va bien, dit-elle en me voyant.

Je portais une robe qui aurait pu sortir tout droit d'un film de princesse, avec des couches de tulle dans les tons de bleu qui gonflaient au niveau de mes hanches. La moitié supérieure était essentiellement composée de deux longues bandes de tissu plissé qui montaient jusqu'à mes épaules, puis redescendaient vers ma taille. J'avais demandé à Roz de l'épingler au niveau de ma poitrine afin que je n'expose pas mes seins au premier mouvement vigoureux. Kryvo était installé un peu plus vers mon épaule que d'habitude, pour éviter d'être recouvert par le tissu.

Mon tatouage était visible entre les bords du décolleté profond. Le vert turquoise avait bavé jusqu'à un vert moussu, puis une teinte beaucoup plus pâle. Presque la moitié de la coquille était colorée, maintenant.

— Merci, dis-je. Comment ça va ?

— J'ai connu des jours meilleurs. Mais j'ai fait des progrès à propos de la manière dont le palais a été infiltré.

Son visage se crispa, et elle laissa échapper un léger grognement.

— Des serpents.

— Des serpents ?

— Oui. Plusieurs personnes ont vu des serpents dorés dans le palais, et je pense que cela a un rapport avec Atlas.

— J'ai cru voir un serpent dans la cour d'Apollon, dis-je.

Sa concentration s'aiguisa.

— Où ?

— Près du triton qui s'est transformé en pierre.

Galatée serra les poings.

— Je vais attraper un de ces salopards glissants, grogna-t-elle. Et découvrir comment ils entrent.

Je reculai loin d'elle.

— Tu sais que tu es terrifiante ?

Elle me regarda.

— Aussi terrifiante que tu es étrange ?

— Ouais.

— Ça me va.

Elle m'adressa un rare sourire.

— Encore combien de temps avant cette stupide cérémonie ?

— Une demi-heure. Tu es armée ?

Je relevai ma jupe pour lui montrer mon poignard dans sa gaine à ma cuisse.

C'était bizarre de me dire qu'au début de toute cette aventure, ma meilleure chance avaient été les gadgets de ma ceinture. Maintenant, la magie de l'air était de mon côté. Fini les bombes à racine d'eau ou puantes.

— Ce poignard est pathétique, déclara Galatée.

Elle bougea le bras, ramassant quelque chose sur l'une des nombreuses lanières de cuir qui traversaient sa silhouette souple.

— Voilà.

Elle me passa un couteau de huit pouces de long mais à peine lourd. Il avait une fine lame symétrique et un manche en substance brillante ressemblant à du coquillage, avec des tortues sculptées dessus.

— C'est magnifique, dis-je.

— Et pointu. Fais attention.

— Merci.

— C'est un prêt, dit-elle sèchement.

— Bien sûr.

Elle hocha la tête, satisfaite, alors que je glissais l'arme dans ma sangle de jambe, à la place de mon poignard émoussé.

— J'espère que tu n'en auras pas besoin, bien que cela semble peu probable.

Son visage prit un air sombre.

— Vous n'avez ramené que deux coquillages, la dernière fois, marmonna-t-elle.

— Tu as vu combien les autres en ont trouvé ?

— Non, toutes les cassolettes à flamme du palais ne montraient que vous deux. Mais j'ai entendu dire que Céto s'était bien débrouillée.

Je fronçai les sourcils.

— Céto me fait peur.

— Ils devraient tous te faire peur, déclara Galatée.

— Bonjour ? appela la voix de Perséphone juste avant qu'elle ne franchisse la porte. Eh, joli dressing. Je ne vais pas mentir, je suis un peu jalouse, dit-elle en regardant la jolie pièce autour d'elle.

Je lui décochai un sourire rayonnant.

— Salut. S'il te plaît, peux-tu dire à Kryvo que ce n'est pas grave s'il est trop fatigué pour venir avec moi ce soir ?

Elle regarda la petite étoile de mer, puis moi.

— Tu as besoin de toute l'aide disponible. Je ne lui dirai rien.

— Oh.

— Je te l'avais dit, couina Kryvo.

— Écoute, Almi, je voulais juste passer te mettre en garde contre le royaume d'Aphrodite.

Le froncement de Galatée s'accentua.

— Je déteste les Poissons, marmonna-t-elle.

Je haussai les sourcils avec appréhension.

— Aphrodite est… absente en ce moment. C'est une longue histoire impliquant Arès, que je te raconterai un jour, autour d'un verre de vin. Mais en ce moment, son fils Éros règne à sa place. Et il est tout aussi puissant dans le, euh, domaine de l'intimité que sa mère.

Je clignai des yeux.

— L'intimité ?

Perséphone soupira.

— La magie des dieux de l'amour peut avoir un effet puissant sur les gens. Particulièrement celle d'Éros, qui est un dieu du désir. La magie peut te rendre…

Elle s'interrompit, à la recherche du mot juste.

— …beaucoup plus ouverte à des choses qui te mettraient mal à l'aise, en temps normal.

Je la regardai avec inquiétude.

— Tu parles de sexe ? soufflai-je.

— Ben, ouais. Et quand j'en ai entendu parler pour la première fois, j'ai paniqué, en pensant que la magie me ferait faire des choses contre ma volonté, alors je voulais te dire que ce n'est absolument pas le cas.

Je sentis mes épaules tomber un peu de soulagement.

— Oh, Dieu merci.

— Ouais, merci Athéna et Artémis en particulier, ce sont elles qui ont mis en place des règles strictes à propos de ce genre de choses, dit Galatée avec de la fierté dans la voix.

— Parce que Zeus est un énorme connard, déclara Perséphone. Quoi qu'il en soit, quand tu seras aux Poissons, ça ne fera qu'amplifier tes désirs existants. Tu n'as pas à te soucier de faire quelque chose que tu regretterais.

Je déglutis.

— Et si je ne suis pas sûre de mes désirs ?

Perséphone me lança un regard complice.

— Alors tu pourrais en être sûre très vite.

ALMI

a respiration resta bloquée dans ma poitrine lorsque Perséphone nous projeta dans le royaume d'Aphrodite.

Tout comme à la fête d'Apollon, nous étions à l'endroit où l'Épreuve avait eu lieu. C'était un long espace rectangulaire évoquant un temple, avec des colonnes régulières qui soutenaient le plafond, mais il manquait trois murs. Le sol était bordé par du sable à chaque extrémité, et par la rivière à l'avant ; et il était en verre : sous nos pieds, le rivage sablonneux descendait sous la mer, et le paysage sous-marin d'un vert éclatant où nous avions été piégés s'étendait au loin. Une image de flammes et de pierre me vint à l'esprit, et je détournai les yeux.

Il y avait plein de portes dans le mur du fond, chacune d'une forme et d'un style différents. La chaleur me monta aux joues alors que je scrutais les peintures autour. Tous représentaient des couples dans divers états de déshabillage ou d'excitation.

Je levai plutôt la tête vers le plafond, bleu d'encre et couvert d'étoiles scintillantes, contrastant avec les couleurs chaudes du coucher de soleil qui baignaient le ciel à l'extérieur.

Le quartier était bondé, et il y avait plus de monde que je n'en avais vu chez Apollon ou Poséidon. De beaux hommes et femmes parcouraient la pièce avec des plateaux de boissons, à peine vêtus. Mes joues brûlèrent encore plus lorsqu'une femme aux seins nus, à la peau violette et aux cheveux roux s'approcha de nous.

— Des cocktails ? rayonna-t-elle.

Perséphone prit quelque chose de bleu vif, avec un parapluie dedans.

— Merci.

Je fis la même chose. Galatée secoua la tête laconiquement, en veillant à ne pas regarder la poitrine de la femme.

— Essaye de passer un bon moment, me dit Perséphone en levant son verre vers le mien. Je ne veux pas jeter un froid, mais…

Je la regardai débattre en elle-même, à essayer d'exprimer ce qu'elle pensait, alors que je savais exactement ce que c'était.

— C'est peut-être ma dernière chance de m'amuser ?

Elle me serra doucement le bras.

— On ne sait jamais ce qui peut se passer, déclara-t-elle.

Je le savais, cependant. Je savais ce qui allait arriver. Depuis que j'avais cédé physiquement à mes émotions dans la chambre de Lily, je n'avais jamais été aussi sûre de mon avenir immédiat.

Nous allions botter le cul d'Atlas, puis nous allions guérir le fléau qui changeait les citoyens du Verseau en pierre. Y compris les deux personnes qui dominaient mes pensées.

J'observai les invités et repérai facilement Poséidon. Il parlait avec Athéna, me tournant le dos. Mais à la seconde où mon regard se posa sur lui, je le vis se raidir.

— Excusez-moi, dis-je à Perséphone et à Galatée.

Je me dirigeai vers lui.

La nervosité me noua le ventre alors que je m'approchais, à la fois parce que j'avais laissé Poséidon voir mes émotions tout à l'heure, mais aussi parce qu'il était avec une putain d'Olympienne. Une que j'admirais.

— Athéna, dis-je en inclinant respectueusement la tête quand je les rejoignis.

Elle verrouilla ses yeux sur moi, tout comme l'énorme hibou sur son épaule.

— Almi, dit-elle. Tu te débrouilles bien, pour quelqu'un d'aussi peu entrainé.

Sa voix était profonde et lyrique, et inspirait le respect immédiat.

— Merci.

Elle hocha la tête, regarda Poséidon avec insistance, puis se détourna pour parler à quelqu'un d'autre.

— Pourquoi es-tu poli avec elle et grossier avec moi ? dit Poséidon dès qu'elle fut partie.

— Parce qu'elle ne dégage pas constamment une onde qui dit : « allez tous vous faire foutre ».

Il fronça les sourcils.

— Je ne suis pas d'accord.

Je ris.

— Bon, oui, c'est vrai, mais elle ne le fait pas de manière arrogante. Elle le fait d'une manière qui suggère qu'elle l'a mérité.

Il me dévisagea un instant, puis baissa les yeux vers mon corps si vite que j'aurais pu le manquer.

— Ton tatouage est plus coloré.

— Oui. J'espère que cela signifie que je deviens plus forte.

— C'est…

Il ferma la bouche, comme s'il était sur le point de dire quelque chose qu'il n'aurait pas dû dire.

— C'est quoi ? Qu'est-ce que tu sais, à propos de ça ? demandai-je en m'avançant avec enthousiasme.

Ses yeux brillaient d'une lumière bleue.

— C'est beau.

— Oh… oh.

De la chaleur inonda ma poitrine, et je fus stupéfaite par le bonheur que ces quelques mots provoquèrent en moi.

— Tu trouves ?

— Oui.

Les muscles de son cou étaient crispés, et sa poitrine montait et descendait trop lentement, comme s'il respirait trop profondément.

— Merci.

— Je trouve belles beaucoup de choses dans l'océan, dit-il avec une désinvolture forcée.

J'aurais pu être piquée au vif, mais la sincérité de ces propos ne contredisait pas sa première phrase. Il se couvrait, prétendant qu'il n'avait pas voulu dire ce qu'il avait dit.

— Alors, tu penses qu'on ira directement à la prochaine Épreuve à partir d'ici ? demandai-je pour changer de sujet.

— Cela semble probable. Bien qu'Atlas ne soit pas encore là.

— Où est notre hôte ? demandai-je en regardant autour de moi dans la pièce.

Je n'avais jamais vu Éros, également connu dans la mythologie humaine sous le nom de Cupidon. On disait qu'il valait la peine d'être contemplé.

Le visage de Poséidon s'assombrit.

— Heureusement, pas ici. Il me faut t'avertir que la

lignée d'Aphrodite, et son royaume lui-même, peut exacerber certaines pulsions.

— Perséphone m'en a déjà informé, dis-je. Tu sais si mon ami est ici ?

Silos aurait donné n'importe quoi pour venir dans un royaume interdit, surtout avec des femmes aux seins nus et des peintures sexy sur les murs.

Des ombres traversèrent la lumière dans les yeux de Poséidon.

— Le boulanger ?

— Oui. Silos.

— Qui est-il pour toi ?

Je retournai vivement la tête, à la fois surprise et indignée par son ton énergique.

— Mon ami. Comme je l'ai déjà expliqué un certain nombre de fois, dis-je, sans essayer de ne pas avoir l'air sur la défensive.

— Sait-il que vous êtes amis ?

— Il s'est occupé de Lily pendant près d'une décennie. Je ne pense pas qu'il aurait fait ça s'il n'avait pas été mon ami, dis-je en fronçant les sourcils.

— Je voulais dire, est-il conscient que vous n'êtes rien de plus que des amis, grogna-t-il.

La colère m'envahit, remplaçant la sensation de chaleur.

— En quoi ça te concerne ?

Il se rapprocha de moi.

— Nous sommes mariés.

Je restai bouche bée.

— Tu charries ? Tu n'as pas le droit de m'épouser, de me jeter dans un putain de monde différent pendant huit ans, puis de me revendiquer comme ta femme quand ça te convient !

— Tu l'aimes ?

La question était si abrupte que ma tirade s'interrompit brutalement.

— L'aimer ?

Poséidon se contenta de me lancer un regard noir, sa mâchoire si serrée qu'il aurait pu tout aussi bien s'être à nouveau changé en pierre.

— C'est mon ami ! Mon meilleur ami ! Qu'est-ce qui cloche chez toi ?

— Toi, siffla-t-il.

— *Moi*, je cloche chez toi ? répétai-je incrédule. Il faudrait que tu te regardes dans un miroir, mon pote, parce que tu es dingo.

— Alors tu ne l'aimes pas ?

Je secouai la tête, puis j'avalai la majeure partie de mon verre avant de déchainer ma colère sur lui.

— Non, votre seigneurie aquatique, dis-je en agitant la main avec agacement. Je l'aime comme un ami et pour ce qu'il fait pour ma famille. Rien de plus. Ça va mieux, maintenant ?

— Non.

— Quelle putain de surprise !

Je finis le reste de ma boisson, remarquant à peine qu'elle avait un goût de fraises fraîches.

— Tu as couché avec lui ?

— Oh, putain de merde.

Je me retournai, essayant de faire signe à un serveur.

— Réponds-moi.

— Non.

Je pris un verre à un homme qui ne portait rien d'autre qu'un bout de ficelle déguisé en sous-vêtement.

— Non, tu ne me répondras pas, ou non, tu n'as pas couché avec lui ?

— Putain, je n'ai *couché* avec personne, si tu veux savoir !

Les vagues déferlèrent dans ses yeux, et il sembla se gonfler de puissance.

J'avalai ma nouvelle boisson – quelque chose au goût de pastèque et particulièrement délicieux. Cela n'apaisa pas la brûlure de mon visage.

— Il faut que je parte.

— De la fête ?

— Non. De ton voisinage immédiat.

Sur ce, il s'éloigna, me laissant regarder son dos avec incrédulité.

— Cet homme…, fulminai-je.

— Ce dieu, me corrigea Kryvo.

— Dieu ou pas, c'est un dingo.

— Je pense qu'il te trouve difficile à côtoyer.

— C'est réciproque.

J'entendis une voix derrière moi, profonde et puissante.

— Chaque fois que je te vois, tu parles toute seule.

Je grinçai des dents et fermai les yeux. Je n'avais *vraiment* pas envie de parler avec le propriétaire de cette voix. J'envisageai de m'éloigner, mais mes jambes retournèrent mon corps sans que je le leur demande. Je lançai à Atlas un regard furieux quand je me retrouvai face à lui.

ALMI

— Qu'est-ce que vous voulez ?

— Je veux que tu saches quel genre de dieu est ton mari.

— Je m'en fiche.

Atlas haussa les sourcils.

— Suis-je censé croire que tu l'as épousé pour le pouvoir ? Le statut ? Le monde ne savait même pas qui tu étais il y à peine une semaine. Si tu ne te soucies pas de lui, et que tu ne veux pas être reine, qu'est-ce que tu veux, petite Almi ?

— Ce que je veux ne vous regarde pas, Atlas. Allez vous faire foutre.

La colère assombrit son visage, et des flammes rugirent autour de lui pendant une fraction de seconde. L'image de Lily en train de brûler me revint à l'esprit, et je dus réagir, car le regard d'Atlas s'aiguisa.

— Tu as peur du feu ?

— Non.

— Je pourrais *faire en sorte* que tu aies peur du feu.

Sa voix avait pris un ton séducteur, infiniment troublant. De véritables flammes commencèrent à lécher son corps en toge.

— Laissez-moi tranquille.

— Non, je ne pense pas. Jusqu'à maintenant, toi et Poséidon n'avez pas ressenti le tourment que vous méritez tous les deux. Je dois faire mieux.

— Vous êtes fou, vous savez.

Il rit, avec un soupçon évident de la folie que j'avais détectée quelques fois dans ses yeux.

— Je suis un Titan, Almi. Tu sais ce que ça veut dire ?

— Vous êtes vieux.

— Je suis plus que vieux. Je suis là depuis le début. Je suis en partie à l'origine du monde même dans lequel tu vis. Sais-tu ce qui se passe lorsqu'un être aussi primordial, aussi *colossal,* éprouve de la douleur ?

Je secouai la tête, n'ayant pas envie de parler. Il avançait vers moi, en émanant une odeur d'électricité et de feu dans l'air épais autour de lui.

— L'amour et le deuil. Il n'y rien de plus puissant. J'aurai ma revanche, et il n'y rien qu'une pathétique petite nymphe marine et un Olympien brisé et obsolète puissent faire pour m'en empêcher.

Je lui rendis son regard noir, refusant de broncher, mais désespérée qu'il parte.

— Elle t'a dit d'aller te faire foutre.

La voix de Poséidon était chargée de puissance, et même si je ne pouvais toujours pas me retourner, je sentis sa présence derrière moi, ainsi que l'odeur fraîche de l'océan.

Le regard fou d'Atlas se leva par-dessus mon épaule.

— Tu apprécies l'ironie de ton tourment ? siffla-t-il.

Je sentis une autre vague de puissance déferler sur moi, et les flammes qui vacillaient autour du Titan s'éteignirent.

— Tu es responsable ?

— Tu as dû deviner depuis le temps ? Même si j'imagine que tu es assez bête.

— Depuis combien de temps es-tu réveillé ? grogna Poséidon.

Atlas éclata de rire.

— Je ne perds pas mon temps avec vous deux, alors qu'il y a tant de façons plus agréables de passer des moments dans le royaume d'Aphrodite. Je pense que Kalypso m'attend, avec un verre.

Avec un dernier regard plein de folie, il s'éloigna. Mes membres se détendirent à son départ, et je me tournai vers Poséidon. Il avait l'air furieux, et la pierre se répandait sur sa peau exposée.

— De quoi parle-t-il ?

— Il est à l'origine du fléau de la pierre.

— Quoi !?

Je restai bouche bée devant le dieu de la mer.

— C'était ce que je soupçonnais, et c'est important que mes soupçons soient confirmés. Je dois en informer Galatée.

— Alors, c'est pour cela que seul le Verseau souffre de la maladie ? C'est une attaque contre toi.

— Oui. Mais c'est mon peuple qui paie.

Une rage silencieuse teintait ses paroles amères.

— Qu'est-ce que tu as fait ? Pourquoi dit-il que c'est ironique ?

Je ne m'attendais pas à ce qu'il me le dise, mais quand il me regarda dans les yeux, je ne vis pas le ferme refus auquel j'avais eu droit la dernière fois que je lui avais posé des questions à propos de sa querelle avec Atlas. Au lieu de cela, de la tristesse emplit les profondeurs de ses yeux bleus féroces.

— Je ne veux pas te le dire.

— Pourquoi pas ?

— De nombreuses raisons.

— Tu as… honte de ce que tu as fait ?

Je chuchotai à peine ces mots, avec davantage l'impression de marcher sur des œufs fragiles en lui parlant de cette manière que quand je lui criais dessus ou l'injuriais.

— Oui. Je ne regrette pas ce que j'ai fait. Mais je ne souhaite pas revivre ça. Ou en parler.

Il se redressa pendant qu'il parlait, sa présence imposante m'interdisant d'en demander plus.

Je hochai la tête. C'était plus que ce qu'il m'avait donné auparavant, et il avait été honnête. C'était assez. Pour aujourd'hui, du moins.

— Est-ce que tu, euh, veux danser ?

La question quitta mes lèvres toute seule. On entendait le bruit d'une harpe, mais il y avait aussi un battement profond, qui pénétrait ma conscience d'une manière ou d'une autre, m'attirant vers lui.

Poséidon me regarda, les yeux brillants de lumière.

— La musique est dangereuse dans le royaume de l'amour, déclara-t-il d'une voix rauque. Elle a un pouvoir qui lui est propre.

— Ça me plait, dis-je.

— C'est censé te plaire.

Il me regarda une seconde de plus, avant de reprendre la parole.

— Il faut que je parle à Galatée du fléau. Je reviens.

Je le regardai partir, en me demandant pourquoi diable je lui avais demandé de danser.

Je m'étais mise en colère parce qu'il était devenu jaloux à propos de Silos, littéralement moins de dix minutes plus tôt.

Tu n'étais pas vraiment en colère. La voix de Lily surgit dans ma tête, son image flottant rapidement dans mon esprit. *Tu voulais qu'il soit jaloux.*

J'aspirai une gorgée de mon cocktail, refusant de répondre. Surtout parce qu'elle avait raison. Même si cela avait été embarrassant de lui avouer que j'étais vierge, il y avait une partie de moi qui n'arrivait pas à croire qu'un dieu comme Poséidon se souciait de ma situation amoureuse. C'était la même partie de moi qui ne supportait pas l'idée qu'il soit avec quelqu'un d'autre.

C'est le lien du mariage, dis-je à Lily. *Ce doit être ça.*

Ouais, bien sûr. Rien à voir avec le fait qu'il mesure sept pieds de muscles massifs, tout emballés dans la puissance brute de l'océan, et qu'il te regarde comme si tu étais la seule chose qui pouvait le faire basculer.

Je sautai sur ces mots, ignorant ceux auxquels je ne voulais pas répondre. *Pourquoi donc ? Pourquoi est-ce qu'il fait toujours comme s'il était sur le point de perdre le contrôle quand il est près de moi ? C'est peut-être le fléau de la pierre qui le rend nerveux.*

Lily rit. *Danse avec lui. Je pense que tu vas comprendre par toi-même.*

J'avalai davantage de boisson à la pastèque. *Comprendre quoi ?*

La tension entre vous deux. Et ne t'inquiète pas, je ne me ferai pas remarquer, promis.

Lily ! Comme si quelque chose comme ça pouvait...

— Tu veux toujours danser ? demanda Poséidon en sortant de la foule, la main tendue vers moi.

— Je, euh, je suis...

Toute ma confiance disparut.

— Techniquement, tu es ma reine. Et je pense qu'il serait bon de montrer à Atlas un peu de solidarité. Cela va le mettre en colère.

— Eh bien. Juste pour emmerder cet abruti, allons danser, dis-je en me raidissant et en lui prenant la main.

ALMI

*N*ous n'étions pas seuls sur la piste de danse. Il y avait des couples partout, et beaucoup avaient les yeux fermés et se balançaient en rythme tout en se pressant l'un contre l'autre.

— Comment est-ce possible de danser de façon si sexy sur une harpe ?

Quelques visages se tournèrent vers moi quand je marmonnai ces mots, attirés par la présence de Poséidon.

— C'est le royaume de l'amour. Éros est là, maintenant.

Il pointa du doigt, et je vis un homme debout au bout de la pièce, encadré par l'eau qui se trouvait au-delà.

Pas n'importe quel homme. Il était ridiculement attirant, et pas d'une manière digne ou royale, mais d'une manière qui me faisait penser à toutes sortes de choses auxquelles je ne pensais habituellement que lorsque j'étais seule. Il était large et musclé, et portait des vêtements humains, un pantalon moulant et une chemise. Ses cheveux étaient d'un blond sale, et je vis clairement ses yeux bleus brillants quand ceux-ci se posèrent sur nous.

— Il nous faut converser avec lui, comme le veut la politesse.

La voix de Poséidon était aiguë, et je me demandai s'il y avait une histoire entre les deux dieux alors que nous nous dirigions vers le bord de l'eau.

— Poséidon, dit Éros en hochant la tête lorsque nous arrivâmes à sa hauteur. Et Almi, dit-il en se tournant vers moi.

— Bonjour, répondis-je.

Je ne ressentais aucune vague de puissance contrairement à ce qui émanait des autres Olympiens, juste une sorte de sensation agréable et relaxante.

— Je suis désolé que le jardin marin de ma mère ait essayé de vous tuer, me sourit-il.

— J'en doute, répondit Poséidon, avant que je ne puisse parler.

Éros se tourna lentement vers lui.

— Comment va ma mère ?

— Demande à Hadès.

— Malheureusement, il est occupé avec Apollon, ailleurs, ce soir.

Le sourire d'Éros était toujours présent, mais il y avait une tension palpable entre eux deux.

— Eh bien, Aphrodite est sous sa garde maintenant.

Une ou deux secondes de tension passèrent, puis le sourire d'Éros s'élargit sur ses lèvres, atteignant ses yeux.

— Vous savez, elle est un peu folle, parfois. Poursuivre ainsi Arès…, dit-il en haussant les épaules. Je suis sûr qu'un court séjour dans le monde souterrain ne lui fera aucun mal. Et cela m'a donné une chance de redécorer.

Il sourit en hochant la tête vers le mur du fond.

— Très classe, déclara Poséidon en roulant des yeux.

Éros l'ignora, me regardant à la place.

— Ne le laisse pas te tromper, dit-il. Son masque grincheux, stoïque et ennuyé ? C'est du flanc. Je suis un dieu du désir, et laisse-moi te dire que ce mec en est plein à craquer. Ça le tue presque de le garder sous contrôle tout le temps.

Je déglutis, mes joues s'échauffant, alors que les yeux pétillants d'Éros plongeaient dans les miens.

— Assez, Éros, grogna Poséidon.

Le dieu se tourna vers lui.

— Je dis juste ce qu'il en est. Si tu n'en laisses pas sortir un peu, ça va te tuer. Tu vas exploser.

— Tu es immature et totalement inexpérimenté quand il s'agit de se maîtriser. Je n'ai besoin d'aucun conseil de ta part.

— Tu te trompes. À plusieurs égards. Et puis, qui dit que je parlais de sexe ? Ce qui, soit dit en passant, n'a rien d'immature.

À la façon dont il prononça le mot « sexe », de la chaleur déferla sur moi, me rendant encore plus nerveuse.

Poséidon grogna son nom en guise d'avertissement.

— J'ai dit : ça suffit.

— Le désir, c'est un mot qui a une large définition, monsieur le roi de l'océan. Si tu te refuses tout ce que tu veux, ce ne sera pas seulement ta propre vie que tu gâcheras.

— J'ai assez entendu tes conseils pour une soirée, siffla soudain Poséidon.

Éros haussa à nouveau les épaules, son sourire toujours fermement en place.

— Tant pis pour toi. Bon séjour, Almi. Profite au maximum de l'endroit.

Il me décocha un clin d'œil avant de se détourner, et j'aurais pu jurer que le volume de la musique avait augmenté, qu'une nouvelle note de harpe me mettait les nerfs à vif, au rythme sensuel qui battait de manière séduisante derrière la mélodie.

— Il marque un point, tu sais.

— C'est un idiot.

Je me tournai vers Poséidon, essayant d'éteindre la chaleur tourbillonnante qui m'enveloppait, et mes sens qui s'éveillaient.

— Je ne parle pas non plus de… tu sais… de *sexe*.

Je toussai maladroitement.

— Quand on était dans les écuries, j'ai vu à quel point voler te manquait. Tu devrais plus souvent t'autoriser à faire des choses qui te plaisent.

Le souvenir de ce sourire, vu seulement deux fois et gravé dans ma foutue mémoire, me revint à l'esprit.

— Tu devrais sourire plus.

Son regard dur s'adoucit à ces mots, et l'émotion remplit ses yeux.

— Tu parles de choses que tu ne comprends pas.

— Alors fais-moi comprendre.

Je pouvais voir son indécision alors qu'il me regardait.

— La prophétie, dit-il enfin.

— Qu'est-ce qu'elle a ?

— Tu n'as pas tout entendu.

La poitrine de Poséidon se souleva alors qu'il prenait une longue inspiration.

— La partie que tu ne connais pas est importante. Pour nous deux. Je veux t'emmener à l'Oracle. Je veux que tu entendes le reste.

Un envol de papillons dans mon ventre accompagna ces mots. J'avais passé des années à m'interroger à propos de la prophétie, à haïr l'Oracle pour avoir gâché ma vie et celle de ma sœur. Les mots me revinrent clairement en mémoire.

— *Celui qui possède le cœur d'une Néréide possédera le Cœur*

de l'Océan. Le véritable amour n'est pas une nécessité, la posses-
sion pure scellera l'affaire.

Mais… il y avait plus. Une partie que j'avais ignorée, parce qu'elle n'avait aucun rapport avec notre situation, et parce que Poséidon avait interrompu l'enregistrement au milieu de la phrase. J'avais du mal à m'en souvenir.

Quelque chose à propos du véritable amour qui ne passait pas inaperçu ?

J'avais besoin de consulter mon carnet de croquis, de vérifier ce qui avait été dit.

— Pourquoi tu ne peux pas me le dire ? demandai-je à Poséidon.

— Premièrement, parce que j'espère que cela a changé. Deuxièmement, parce que tu aurais une centaine d'autres questions auxquelles je ne pourrais pas répondre, mais l'Oracle saura peut-être le faire.

— Les prophéties changent ?

— Rarement. Mais parfois.

— Si cela me concerne, alors j'ai le droit de savoir. Dis-moi.

— Nous ne pouvons gagner ces Épreuves qu'en équipe, et je ne suis pas prêt à mettre en danger nos vies et la sécurité de mon royaume avec des affaires personnelles. Il faut attendre que les Épreuves soient terminées et que je me sois débarrassé d'Atlas.

— Des affaires personnelles ? marmonnai-je en le fixant. Tu appelles ça comme ça ? La vie de Lily pourrait dépendre de ces *affaires personnelles.* Merde, toutes les personnes touchées par le fléau pourraient en dépendre.

— Si je ne gagne pas ces Épreuves, ce ne seront plus mes sujets.

La gravité de ces paroles pénétra lentement en moi. Je me rappelai ce qu'Athéna avait dit à propos du danger pour l'Olympe qu'Atlas représentait s'il s'emparait de l'un des douze royaumes, et de l'importance de la victoire de Poséidon.

Il avait raison. Atlas était le danger le plus immédiat.

— Je suis désolé.

Je clignai des yeux sous le choc d'entendre ces mots. J'étais sur le point de dire que j'étais d'accord avec lui, de m'engager à gagner les Épreuves. Je ne m'attendais pas à des excuses.

— De ne pas m'avoir parlé de la prophétie ?

Il s'approcha, me faisant sursauter quand il prit ma main dans la sienne et la pressa contre son torse.

— Oui. Pour ça. Mais je suis aussi désolé pour ce que je t'ai fait, à toi et à ta sœur. Je suis désolé pour la douleur que je t'ai causée. Je suis désolé pour le temps que tu as passé seule.

— Vraiment ?

— Oui.

Il pencha la tête et posa ses lèvres contre les miennes, avec une légèreté qui exprimait clairement une demande de permission.

— Je pensais que tu voulais danser ? chuchotai-je.

— Je ne danse pas, dit-il. Je veux te voir danser.

— Ah bon ? demandai-je, surprise.

— Oui. Danse pour moi.

Il me prit dans ses bras, glissant un bras autour de ma taille.

Je ne protestai pas. Je fermai les yeux et me laissai aller à la musique, avec la sensation de ses mains contre mon corps, et son parfum autour de moi, et l'électricité dans l'air tout autour, qui m'attirait et m'emportait.

Je lâchai prise, pour la première fois depuis ce qui me sembla une éternité. Il n'y avait plus rien qui martelait sous mon crâne, qui me poussait à agir. J'étais complètement en paix, perdue dans le rythme profond et sensuel de la musique. J'avais chaud dans le cercle de ses bras, et s'il avait été mon ennemi, je savais que je n'avais plus rien à craindre.

Je sentis le léger effleurement de ses lèvres contre mon cou, le doux frôlement de son souffle contre mon oreille. Lorsque mes paupières s'ouvrirent, il m'observait, ses yeux vibrants, puissants et étincelants de feu bleu.

Me sentant audacieuse, je posai mes deux mains sur sa poitrine, les laissant courir le long de son torse, sur son impressionnante tablette de chocolat, et remonter jusqu'à ses épaules. J'arquai le cou et l'embrassai, tendant ma langue pour goûter ses lèvres fermes. Il répondit par un gémissement, resserrant ses bras autour de moi et m'attirant plus près. Son baiser s'approfondit. Je sentis ses mains glisser sur la peau nue de mon dos, jusqu'à mes fesses, pour me tirer contre lui. Une douleur s'éleva en moi, et je l'acceptai.

— Sais-tu où mènent toutes ces portes au fond de la pièce ? grogna-t-il contre ma bouche.

— Non, soufflai-je en retour.

— Elles sont magiques. Des chambres privées pour les invités d'Aphrodite qui veulent être seuls. Elles donnent à l'occupant exactement ce qu'il veut, quand il le veut.

Il recula la tête pour regarder mon visage. Une autre demande de permission, réalisai-je, et la nervosité m'envahit quand je compris, hébétée, ce qu'il suggérait.

— Je... je ne savais pas, dis-je en essayant de ralentir mon rythme cardiaque qui s'emballait, et le désir qui montait. Comme la Salle sur Demande, mais pour le sexe ?

Je faisais une tentative maladroite d'humour, submergée par la panique en même temps qu'un besoin impérieux.

— Je ne vois pas du tout de quoi tu parles, mais je sais

ce dont tu as besoin. Tu n'as vraiment, vraiment jamais été touchée ?

Sa voix était tendue.

— Jamais.

— Je vais prendre mon temps. Je ferai en sorte que ta longue attente vaille chaque seconde.

Sa bouche se referma à nouveau sur la mienne, et je m'accrochai à lui, perdue dans la sensation de ses lèvres, de sa langue, de la façon dont son corps bougeait avec le mien. J'entendis la musique changer, mais je m'en fichais. Je voulais et j'avais besoin d'être avec lui.

Il prit ma main dans la sienne et me guida à travers la foule de danseurs qui tournoyaient sur la nouvelle mélodie. Personne ne nous accorda seulement un coup d'œil.

— Choisis une porte.

Presque à bout de souffle d'impatience et de nervosité, je ne regardai même pas les décorations dessus, et j'ouvris juste la plus proche.

J'entrai dans une pièce qui semblait avoir été imaginée pour un film Disney. Un film Disney cochon.

Un immense lit avec un baldaquin de rideaux moelleux se dressait au milieu. La literie était d'un riche bleu marine, et les murs étaient ornés de tentures plus douces, dans les tons sarcelle et turquoise. Toutes étaient ornés d'illustrations exquises de couples se donnant du plaisir.

Je me retournai vers Poséidon, et avant que je ne puisse dire un mot, ses énormes mains agrippèrent mes hanches, et il me souleva dans les airs, donnant un coup de pied pour refermer la porte derrière lui.

Il me posa sur le lit massif, agenouillé entre mes jambes écartées, la jupe de ma robe s'emmêlant entre nous.

Une petite voix traversa mon désir brumeux.

— Almi ?

Kryvo !

— Tu peux renvoyer mon étoile de mer dans ma chambre, s'il te plaît ? chuchotai-je.

Un sourire se dessina au coin de la bouche de Poséidon, et il y eut un petit éclair près de ma clavicule.

Il se pencha en avant, embrassant ma mâchoire, puis mon cou.

— Tu sais ce que j'ai eu envie de faire quand je t'ai vue ce soir ? murmura-t-il, sa voix rauque de désir.

Je secouai ma tête.

— J'ai eu envie de t'allonger sur un lit et de faire ça, grogna-t-il.

Puis il m'attira à lui et m'embrassa une fois de plus. C'était un baiser possessif et exigeant, et mon corps répondit à chaque mouvement. J'étais perdue dans une mer d'impatience. Je gémis lorsqu'il s'éloigna à nouveau.

Il recula et défit le fermoir de sa toge. Je le regardai faire, hypnotisé par sa peau lisse, par le jeu des muscles sous sa chair bronzée. Il tendit la main vers moi, cette fois pour faire courir ses mains sur mes tibias, soulevant lentement le tissu de mes jupes.

Un petit vermisseau de peur m'envahit à ce contact étranger, et il s'arrêta. Il leva sa main vers ma joue, caressant ma lèvre avec le pouce.

— Je vais juste te donner un avant-goût du plaisir que tu mérites. Et seulement si tu en as envie.

— On ne va pas...

Je tâtonnai à la recherche du mot juste, essayant de ne pas paraître immature ou stupide.

— Aller jusqu'au bout ? finis-je par marmonner.

Il se raidit, sa poitrine nue se soulevant alors qu'il inspirait.

— Je donnerais n'importe quoi pour te revendiquer ici et maintenant, Almi, grogna-t-il. Mais non. Je veux juste te montrer à quel point ça peut être agréable.

Je fis de mon mieux pour ravaler mon désir assez long-temps pour avoir les idées claires.

J'avais envie de lui. Je le savais. Et je lui faisais confiance. Il ne voulait pas me pousser plus loin que je ne voulais aller.

Je hochai la tête.

— Montre-moi.

Il me serra encore plus contre lui, ses doigts frôlant ma peau lorsqu'il m'embrassa profondément. Je pouvais sentir son excitation contre mon ventre, et le fait de savoir qu'il me désirait autant que je le désirais fit monter encore plus le désir dans mon corps.

Je gémis, enroulant mes bras autour de lui, mais il recula, ses yeux bleus brûlants.

Lentement, il souleva mes jupes plus haut, exposant ma culotte. Il ne bougea pas plus vite alors qu'il passait ses doigts dans la couture de mon sous-vête-ment. Je soulevai mes hanches pour le laisser me le retirer.

Un raz-de-marée de gêne s'abattit sur moi quand il fixa ma nudité – le seul homme qui l'ait jamais fait. Je rappro-chai instinctivement les genoux autant que possible avec lui agenouillé entre mes jambes.

Ses yeux se fixèrent sur les miens, plus sauvages que je ne les avais jamais vus.

— Tu es parfaite. Tellement parfaite.

Une partie de ma gêne s'évanouit à ces mots. Il toucha ma joue une fois de plus, attirant mon visage vers le sien, et j'ouvris à nouveau les jambes pour le laisser se pencher contre moi et planter de doux baisers le long de mon cou.

— Tellement parfaite.

Le reste de mes craintes embarrassées s'évanouit à chaque baiser, à chaque caresse prudente de ses mains.

Il glissa sa main vers mon genou, frottant son pouce en cercles lents, mais sans remonter plus loin sur ma jambe. Je gémis et cambrai le dos, ayant besoin de plus. Ses yeux se posèrent sur les miens.

Je tendis la main, faisant courir avec hésitation mes doigts sur son torse, son ventre et plus bas. Il gémit lorsque mes doigts le frôlèrent, et un puissant éclair de désir m'électrisa lorsque je réalisai à quel point il était gros.

Comment diable cela rentrerait-il ?

Lentement, il éloigna ma main, et je le laissai faire à contrecœur.

— Laisse-moi me concentrer sur toi, grogna-t-il.

Il y avait quelque chose dans ses yeux que je ne comprenais pas. Quelque chose de respectueux, presque.

Je regardai, à bout de souffle, ses mains glisser le long de mes cuisses, puis soulever mes hanches et passer entre mes jambes, tandis qu'il m'embrassait à nouveau en même temps. Sa langue darda, cherchant à entrer. J'ouvris la bouche, le laissant faire, et sa langue glissa contre la mienne en même temps qu'il faisait courir un doigt le long de ma moiteur.

Il parla contre mes lèvres, son ton rauque du désir que tout mon corps reflétait.

— Je veux que tu aies du plaisir.

Son doigt me caressa à nouveau, et je haletai.

— Je veux te toucher jusqu'à ce que tu puisses à peine respirer.

Il commença à me caresser avec de petits gestes concentriques autour de mon clitoris, et ça n'avait rien à voir avec les fois où j'avais essayé par moi-même,

— Oh là là.

Ces mots se perdirent dans sa bouche, et je ruai contre sa main, voulant plus de pression.

Mais à la place, il s'arrêta, plongeant ses doigts vers mon entrée. Je sentis que je me crispais, et il s'arrêta.

— Tu me fais confiance ? demanda-t-il alors que son doigt m'effleurait, doux et exquis.

Je hochai la tête.

— Oui.

Il pressa un doigt en moi, et ma tête bascula en arrière, mes yeux se fermant. Je pouvais sentir l'intensité de son regard, mais tout ce sur quoi je pouvais me concentrer, c'était le plaisir inattendu et inconnu de sa caresse.

Les muscles de mon ventre se contractèrent alors qu'il déplaçait son doigt en moi, caressant, explorant, et un long gémissement s'échappa de ma bouche quand il le retira lentement, seulement pour glisser à nouveau en moi après une seconde.

Une légère morsure de douleur pulsa au plus profond de moi, mais elle s'estompa en un instant, remplacée par une pression que je supportai à peine, mais à laquelle je ne voulais jamais mettre fin.

Son pouce bougea, et la douce pression sur mon clitoris revint. Un autre gémissement plus fort sortit de ma gorge, et je l'entendis grogner.

— Regarde-moi.

J'ouvris les paupières, levant la tête pour fixer ses yeux brûlants. Je tremblais, mon corps tendu contre l'incroyable sensation de sa caresse. Il se pencha plus près, passant ses dents le long de ma gorge, ses doigts bougeant plus vite en moi. La pression monta alors qu'il contemplait mon visage, et il reprit la parole, avec une tension palpable dans sa voix.

— Je veux que ton premier orgasme soit quelque chose que tu n'oublieras jamais.

Un millier de papillons prirent leur envol dans mon estomac, et j'oubliai de respirer quand la pression s'accumula au point que je ne puisse plus la contenir. Avant que je ne comprenne ce qui se passait, une sensation de chute et un éclair de chaleur me firent crier. Mes mains agrippèrent ses épaules tandis que ma tête roulait en arrière, et mon corps tout entier se convulsa de plaisir, chacun de mes nerfs prenant feu.

Je me précipitai en avant, pressant mon visage contre son cou, gémissant alors que mon orgasme se déversait en moi, effaçant toute autre émotion.

— C'est ça, grogna-t-il, ses lèvres bougeant le long de ma mâchoire. Laisse-toi aller.

Et c'est ce que je fis. Ma vision se troubla alors que je redescendais de l'éruption de plaisir, et je réalisai avec une secousse d'embarras que je marmonnais son nom. Il m'embrassa le long de la gorge, sur ma clavicule et ma poitrine, remontant jusqu'à mes lèvres, ses doigts me caressant doucement, jouant, me taquinant pour que je revienne à la réalité.

Puis ses baisers se déplacèrent, et je me redressai brusquement, mes yeux s'ouvrant grand quand je sentis ses lèvres sur l'intérieur de ma cuisse.

— Qu'est-ce que...

— Allonge-toi. Cette fois, quand tu jouiras, je veux entendre mon nom. Fort.

Je gémis, ma poitrine serrée, et laissai tomber ma tête

sur l'oreiller alors que sa langue et ses lèvres se déplaçaient vers mon autre cuisse.

La pression remontait déjà, et je le sentis me regarder tandis que ses lèvres et sa langue se déplaçaient le long de ma peau, plus près, de plus en plus près de là où j'avais mal. Juste au moment où je crus que je n'allais plus pouvoir supporter cette envie, sa langue darda, et j'avais les nerfs tellement à vif qu'un éclair de sensation me traversa la colonne vertébrale. Je sursautai sous lui, et ses mains se refermèrent sur mes hanches, me retenant immobile.

— Putain, tu as un goût divin.

Je lui répondis par un gémissement. Sa langue bougea, tourbillonnant, doucement d'abord, puis plus fort alors que je me pressais contre lui. Je sentis son doigt me caresser, puis glisser lentement en moi.

— Oh putain, hoquetai-je alors que le plaisir brut explosait en moi.

Mais avant que je ne sois totalement submergée, Poséidon retira ses doigts, et la pression de sa langue diminua jusqu'à devenir un chatouillement.

— Pas encore, ma reine.

Mes sens s'entremêlèrent.

— S'il te plaît, haletai-je, en me redressant vivement sur les coudes pour pouvoir le regarder en face.

Il était beau. Dur et puissant, et féroce et sauvage. Je serais sienne si c'était ce qu'il voulait. À ce moment-là, j'aurais fait tout ce qu'il m'aurait demandé.

Mes émotions devaient être évidentes sur mon visage, car un désir sombre et sauvage brilla dans ses yeux, puis sa bouche se referma sur moi, ses doigts exécutant à nouveau leur merveilleuse magie. Je me laissai retomber sur les oreillers et laissai ses mains, sa bouche, sa langue et le feu dans ses yeux prendre le contrôle de mon corps.

Il me conduisit au bord du gouffre trois fois de plus, et à

chaque fois, il se retira et m'empêcha de lâcher prise complètement. Son souffle était chaud contre mon essence, ses doigts bougeaient avec une lenteur atroce alors que je me tordais et le suppliais. J'avais l'impression de brûler, réclamant son contact avec chaque cellule de mon corps.

Je ne savais pas combien de temps je pourrais le supporter, mais je ne voulais jamais que ça se termine.

— Maintenant.

Il grogna un mot contre moi, et cela me suffit.

Mon dos s'arqua, et je jouis, mais au lieu de la chute libre comme la dernière fois, je fus emportée dans un tourbillon de plaisir. Mon cœur pulsa, ma peau se hérissa, et mes orteils se courbèrent alors que je criais son nom, et que ma délivrance déferlait sur moi, vague après vague.

— Oui, grogna-t-il, ses doigts en moi, sa langue sur mon clitoris. C'est ça.

Il continua jusqu'à ce que je tremble, mon corps proche de l'effondrement, mon esprit tout entier consumé par le plaisir que ses mains et sa bouche me procuraient. Ce ne fut que lorsque les derniers tremblements décrurent qu'il recula, déposant de doux baisers le long de mes cuisses.

J'aspirai de l'air en tremblant. Quand ma vision s'éclaircit et que je pus me concentrer à nouveau, il était debout, à me regarder. Son érection était évidente sous sa toge, et cette vue envoya de nouvelles vagues de désir en moi. Qu'est-ce que ça ferait s'il glissait ça en moi, à la place de ses doigts ?

Mon cœur pulsa à cette pensée, et je m'assis, repoussant mes cheveux de mon visage.

— J'ai envie de toi, dis-je, ma propre voix rauque.

Ses mains se crispèrent contre ses flancs, la puissance brillant dans ses yeux.

— Non.

— Mais…

Il m'interrompit, sa voix plus forte que nécessaire.

— Almi, je t'en supplie. Tu ne sais pas combien je te désire ? Te sentir autour de ma queue, te baiser jusqu'à ce que tu cries mon nom, encore et encore… ?

Il grinça des dents alors que mes yeux s'écarquillaient.

— Non, il faut que tu arrêtes.

Des vagues roulaient dans ses yeux, et sa mâchoire était tendue.

Je le fixai un moment de plus, essayant de contrôler mes sentiments.

Je le désirais tellement que ça faisait mal. Et je pouvais voir et entendre à quel point il voulait la même chose.

S'il ne voulait pas faire ça ici et maintenant, alors il devait avoir ses raisons. Et honnêtement, je pouvais comprendre. Quand je me forçai à penser de façon rationnelle malgré mes désirs capiteux, je me rendis compte que ce n'était pas vraiment l'endroit où je voulais perdre ma virginité.

Il n'y avait aucun doute dans mon esprit que c'était avec lui que je le ferais, cependant. J'étais liée à lui bien plus profondément que je n'aurais jamais pu le deviner. Son expertise allait au-delà de ses doigts ou de sa langue habiles. C'était comme s'il me connaissait, connaissait mon corps, connaissait mes limites.

— Alors embrasse-moi, dis-je.

Une partie de la tension se détendit dans ses épaules, et ses yeux s'adoucirent. Il retourna vers le lit, et j'arrangeai ma jupe sur mes jambes, comme pour lui prouver que je n'allais pas essayer de le chevaucher. Même s'il me fallut plus de volonté que je ne l'avais cru quand il s'assit à côté de moi, son sexe évident sous le tissu de sa toge, pour ne pas grimper sur ses genoux.

Je me mordillai la lèvre quand mes yeux se posèrent dessus, puis les remontai vers son visage.

— C'était... incroyable.

— Je ne t'ai pas fait de mal ?

Je secouai la tête.

— Pas du tout.

— Je ne te ferai jamais de mal. Je pensais ce que j'ai dit la dernière fois. Je te sauverai toujours. Toujours.

Je voulus lui demander pourquoi. Je voulus comprendre comment il pouvait avoir des sentiments si intenses pour une femme qu'il avait ignorée toute sa vie. Mais à la place, je me surpris à me pencher en avant et à toucher ses lèvres avec les miennes, à pousser ma main dans ses cheveux et à l'attirer contre moi.

— Et moi, je te sauverai, toi, dis-je, les mots me venant instinctivement.

Un gong retentit, et une douleur me transperça le crâne, aiguë et saisissante, et très différente de l'explosion de plaisir que je venais de vivre.

— Il est temps de compter les coquillages !

Il y eut un violent éclair de lumière rouge, et soudain je me retrouvai à nouveau dans la pièce principale. Ma peau me brûla alors que je me tripotais partout, m'assurant que mes jupes étaient droites, et essayant de ne pas donner l'impression que nous avions fait exactement ce que nous *avions* fait – même si j'étais probablement la moins intéressante ici. Certains malheureux avaient manifestement profité de l'ambiance du palais de manière un peu plus... *dénudée* que moi. Je fis de mon mieux pour ne pas regarder, alors qu'humains et créatures s'efforçaient de se rendre plus décents.

Poséidon était à côté de moi, et il me prit par la main,

regardant Atlas. Le Titan était appuyé contre une colonne, souriant de façon troublante à tout le monde. Kalypso était à quelques mètres de lui, Polybotès dominait tout le monde à ma gauche, et Céto était au premier rang du groupe, tout le monde lui faisant une large place.

— Eh, les salles de plaisir de ce royaume sont complètement privées, tu ne peux pas juste invoquer les gens pour les en faire sortir ! gronda Éros en fendant la foule, son magnifique sourire visiblement absent.

— Je pense que tu découvriras que si, déclara Atlas. Ta pathétique magie olympienne n'est pas à la hauteur de mon pouvoir de Titan, comme je viens de le démontrer.

De la colère et un tout petit soupçon de peur se frayèrent un chemin en moi. Atlas *était* fort. Il avait infiltré le palais de Poséidon, et jusqu'à présent, il y avait peu de choses qui semblaient au-delà de ses capacités.

— Tu ne seras plus le bienvenu ici, dit Éros en croisant les bras sur son torse drapé d'une toge.

— Je le regrette, déclara Atlas d'un ton sarcastique. Je suis sûr que ta mère suppliera pour me recevoir dans son palais lorsque les Épreuve de Poséidon seront terminées. En fait, je suis sûr que ta mère suppliera pour m'avoir, point final.

Le sourire fou d'Atlas était de retour, et du pouvoir jaillit d'Éros, en même temps que des ailes blanches massives dans son dos.

Athéna et Poséidon s'avancèrent ensemble, ainsi que Dionysos en chemise hawaïenne, et un homme aux cheveux roux courts, dont j'étais sûre qu'il s'agissait d'Hermès.

— Atlas, nous avons accepté d'organiser ces Épreuves, et rien de plus. Je te prie de faire ce que tu as à faire.

La voix profonde et lyrique d'Athéna était si formelle qu'elle me rappela une institutrice.

— Éros, nous allons quitter ton royaume bientôt, s'il te plaît, recule.

Elle inspirait la discipline, et je ne fus pas surprise quand Éros fit ce qu'elle lui avait demandé. Il garda cependant son regard furieux braqué sur Atlas.

— Comme tu le souhaites, puissante Athéna, dit Atlas avec une fausse révérence.

Il agita la main en se redressant, et la cassolette à flamme apparut, montrant les vases remplis de coquillages.

— Kalypso a trouvé deux coquillages, portant son score à neuf.

La belle déesse de l'eau fronça les sourcils.

— Maintenant, après avoir trouvé trois coquillages, Céto en est à dix.

La mère des monstres marins pataugea sur le sol de verre alors que son vase se remplissait plus haut.

— Polybotès a reçu deux coquillages, ce qui fait un total de cinq.

Atlas fixa ses yeux sur moi.

— Ce qui veut dire qu'avec ses deux coquillages, Almi est juste devant lui, avec six.

— Non, dis-je en secouant la tête avec force. Je n'ai pas eu de coquillages lors de la dernière Épreuve, c'étaient ceux de Poséidon.

— Non, je regardais. Je t'ai vue les ramasser tous les deux.

— La dernière fois, vous avez dit que c'était à celui qui les tenait à la fin de l'Épreuve !

Il haussa les épaules.

— J'ai changé d'avis.

La fureur m'envahit, mais quand Poséidon me serra la main et que je le regardai, je ne vis pas ma colère se refléter sur son visage.

— On en parlera plus tard, dit-il, si doucement que j'étais à peu près sûre d'être la seule à l'avoir entendue.

— Donc, cela signifie que Poséidon n'a toujours aucun coquillage ! annonça Atlas en levant les bras. Le puissant roi de la mer est incapable de trouver un seul coquillage, s'exclama-t-il en secouant la tête. Il est temps de recommencer, je pense.

En un éclair, la pièce disparut.

ALMI

*J*e ne fus pas surprise de me retrouver dans l'eau, mais je fus surprise de voir à quel point il faisait noir. Je me débattis dans la panique, essayant de me repérer et envoyant un appel silencieux aux bulles de respiration.

Je les sentis avant de les voir, coulant autour de mon visage, fraiches par rapport à l'eau. Avec hésitation, j'écartai les lèvres. De l'air, et non de l'eau, passa entre elles.

— Merci, air, dis-je avec gratitude, ralentissant mes gestes et essayant de voir ce qui m'entourait.

L'unique lumière ne venait pas du haut, mais d'en-dessous, ce qui m'avait désorientée. C'était une rivière de lave rougeoyante, avec des jets d'eau chaude jaillissant des fissures de la roche noire du sol. Au fur et à mesure que mes yeux s'habituèrent à l'obscurité, je commençai à distinguer les détails, même si je ne voyais pas Poséidon.

Le paysage était surgi d'un cauchemar, où l'enfer au fond de l'océan.

Une faible lueur attira mon attention, et je me tendis,

jusqu'à réaliser qu'elle n'était pas rouge, comme la lave ou les sangs-pourris. Elle était bleue.

Poséidon, vis-je avec soulagement. Il traversa l'eau sans aucune résistance, m'atteignant rapidement.

— Est-ce que ça va ? demanda sa voix gargouillante.

— Oui. Mais... je n'ai pas Kryvo.

J'en prenais soudain conscience.

— Il est en sécurité, déclara Poséidon en me prenant la main. Il faut nous dépêcher. On doit trouver autant de coquillages que possible.

— À quoi bon ? Il me les donne, de toute façon.

— Ce qui est une bonne chose. S'il fallait qu'on les partage, nous n'aurions aucune chance, ni l'un ni l'autre, de battre Céto ou Kalypso maintenant.

Il avait raison, réalisai-je, tandis que mon cerveau rattrapait son retard.

— Ah !

Un petit sourire étira les lèvres de Poséidon dans l'obscurité.

— Il s'est tiré une balle dans le pied en essayant de m'humilier. Viens.

Nous nageâmes dans l'eau, la rivière de lave s'élargissant en contrebas, la vitesse du liquide orange et boueux accélérant au fur et à mesure que nous avancions. Quelque chose scintilla de lumière, et je tirai sur la main de Poséidon en me tordant pour regarder. Il s'arrêta instantanément, je le lâchai et me tournai vers ce qui avait attiré mon attention.

C'était une coquille de palourde géante, au bord de la rivière de lave, fermée mais pulsant d'une très faible lumière bleue.

Poséidon fila vers elle, et je le suivis, en nageant vite mais pas au point de me fatiguer. Quand j'arrivai jusqu'à lui, il essayait d'ouvrir l'énorme coquille avec ses mains. Elle était aussi large que je n'étais grande, la partie arrière fusionnée avec le sol rocheux. L'eau était chaude, si près de la lave.

Poséidon leva son bras par-dessus son épaule et tira son poignard de sa toge océanique. Avec un effort évident, il coinça le bout de la lame dans la palourde. Lentement, la coquille commença à grincer.

Je retins à peine un cri lorsque la palourde s'ouvrit brusquement, en crachant des centaines de minuscules serpents. Tous brûlaient de lueurs rouges ou orange, comme modelés à partir de la lave elle-même. Ils se tortillèrent dans l'eau à grande vitesse dans toutes les directions, et avant que je puisse faire quoi que ce soit, une poignée de serpents d'un pied de long arriva jusqu'à moi. Ils me fouettèrent de la queue tout en m'encerclant, laissant des douleurs brûlantes à l'endroit où ils me touchaient la peau. Je tirai de ma sangle la lame que Galatée m'avait prêtée, et je frappai un serpent qui venait de fouetter mon bras avec sa queue. Il siffla lorsque je le touchai.

J'entendis un grondement lointain et regardai la palourde. Poséidon était en train de tailler en pièces une masse de petits serpents à l'intérieur de la coquille maintenant ouverte, essayant de les éloigner de ce qu'ils protégeaient au milieu.

— Air, si tu pouvais m'aider maintenant, je t'en serais certainement reconnaissante !

De la douleur me traversa le poignet, et je frappai le serpent qui essayait de s'enrouler autour de mon bras. Des cloques apparaissaient sur ma peau là où elles m'avaient touchée, et je serrai les dents et brandis ma lame vers les serpents brillants et brûlants.

Un autre rugissement me parvint à travers l'eau, et une

explosion de serpents de lave explosa devant Poséidon, révélant un coffre noir de la taille d'une boîte à bijoux. Il le fit basculer dans l'eau, ouvrit rapidement le couvercle et ramassa une minuscule coquille blanche et brillante. Il fila dans l'eau vers moi, m'attrapa par le poignet et m'éloigna des serpents. Je grimaçai quand ses mains touchèrent la peau boursouflée de mon bras, et sa tête se tourna vers la mienne.

De la colère brilla dans ses yeux lorsqu'il vit les blessures.

— Une coquille en plus, dis-je aussi gaiement que possible.

Il ralentit un peu, ayant mis de la distance entre nous et les serpents, puis me passa la coquille. Je la pris, la glissant soigneusement dans mon soutien-gorge, et il me fit signe de poursuivre notre route.

Il faisait si sombre qu'il aurait été facile de se perdre, et j'étais contente que Poséidon suive la rivière rougeoyante.

Une étrange lueur orange tomba sur la roche noire à mesure que le liquide rouge fondu recouvrait le sol de plus en plus. Juste un instant plus tard, le sol s'effondra en dessous de nous, et la rivière de lave se transforma en une putain de *cascade* de lave.

C'était aussi beau que terrifiant, avec des ruisseaux rouge vif et orange qui se déversaient par-dessus la falaise rocheuse dans un énorme bassin bien en contrebas. Poséidon inclina son corps dans l'eau et se dirigea vers le bas, nous gardant à bonne distance de la cascade.

On voyait du mouvement dans la lave pendant qu'elle tombait, comme si de la vie bouillonnait à l'intérieur. J'étais justement en train de me dire que c'était anormal, quand un sang-pourri se matérialisa dans la cascade. Le liquide rouge et semblable à du sang dont la créature était faite jaillit en vrilles de la lave et se solidifia pour devenir le monstre en forme de requin. Son énorme gueule s'ouvrit, avec ces rangées de dents acérées visibles pendant qu'il filait vers nous dans l'eau.

ALMI

*L*a peur m'envahit, mais alors que je commençais à réagir, je réalisai que la créature ne nageait pas vers nous. Poséidon ralentit, nous tira en arrière et s'arrêta, puis pointa du doigt.

Céto.

La déesse était descendue plus loin que nous, près de l'immense bassin, et elle essayait de pêcher quelque chose dans la lave avec un long morceau de roche déchiqueté. Le sang-pourri se dirigeait droit vers elle.

Au dernier moment, elle leva les yeux et vit le démon requin. Je m'attendis à ce qu'elle parte à la nage, mais elle se contenta d'effleurer l'une de ses pattes tentaculaires, son expression changeant à peine. Du liquide rouge vif suinta de son tentacule et se rassembla en nuage autour du sang-pourri. Celui-ci se convulsa dans l'eau, s'arrêtant à quelques mètres au-dessus de sa tête. Avec une dernière convulsion, il flotta jusqu'aux rochers à côté d'elle, immobile.

— Je n'ai pas envie d'être encore empoisonnée.

Poséidon me regarda.

— On va faire demi-tour.

Mais à peine avions-nous fait mine de repartir qu'un caquetage me parvint, suivi d'un jet d'eau tiède.

Nous nous retournâmes tous les deux pour voir Céto s'élever dans l'eau, ses yeux rouges fixés sur nous.

— Air !

Poséidon me serra fortement la main avant de me lâcher. J'étais à la fois touchée et alarmée qu'il semble croire que je pouvais me débrouiller.

Trois des tentacules de Céto se tortillèrent devant nous, sa peau ondulant comme celle des sangs-pourris. Du liquide en coula, de couleur rouge, vert et noir. Poséidon leva la main, et un ruban d'eau jaillit de sa paume, s'étendant pour former un mur qui avança vers elle.

Une petite ondulation dans l'eau autour de moi se transforma soudain en grosse ondulation, et un ruban d'air apparut devant moi, se contractant pour devenir un petit tourbillon.

— Salut ! dis-je, ravie. Aide-nous à nous débarrasser du poison !

Le petit tourbillon siffla, tournoyant autour de Poséidon, suffisamment pour soulever sa toge, avant de charger vers son mur d'eau. À la seconde où ils se heurtèrent, une explosion d'énergie déferla sur moi, en commençant au sommet de mon crâne, avant de s'écouler délicieusement dans tout mon corps. Ma peau picota, et je ne pensai plus qu'à lui. Quand je verrouillai mes yeux sur son visage, il se retourna, et je sus sans aucun doute qu'il pouvait le sentir aussi. Une nouvelle lumière brilla dans ses yeux – pas le bleu perçant habituel, mais un bleu si pâle qu'il en était presque argenté.

Un sifflement strident nous fit tous les deux regarder en arrière, là où notre tourbillon hybride s'était écrasé sur Céto. Il faisait dix pieds de haut, son eau d'un bleu brillant tournoyant sous l'effet de la magie de l'air, qui avait également une faible lueur argentée. Était-ce ce que j'avais vu dans les yeux de Poséidon, juste à l'instant ? Un reflet de ma magie de l'air quand les deux s'étaient rencontrées ?

De l'encre colorée jaillit des tentacules de Céto alors qu'elle se débattait. Elle se libérait.

— Je sais que tu es occupé, mais si tu en as l'occasion, regarde si elle a des coquillages sur elle, dis-je à l'air.

Ma mâchoire se décrocha lorsque le tourbillon bascula brusquement, renversant Céto la tête en bas. La déesse émit un affreux grincement, un grognement qui me fit serrer les dents, puis une énorme houle d'eau sombre commença à se former autour d'elle.

Un sentiment de danger s'infiltra en moi, quand je sentis sa magie monter. Poséidon m'attrapa par la main.

— Il est temps d'y aller.

— Attends ! On peut la battre.

Poséidon haussa un sourcil, et je vis la pierre au bord de sa mâchoire.

Mais il hocha la tête.

— À trois, on l'envoie voler, comme Kalypso.

— Peut-être qu'il faudra se contenter de compter jusqu'à un, dis-je en me retournant vers elle.

Elle était entourée d'une masse noire tourbillonnante de lave veinée de rouge, notre tourbillon nettement plus lent autour d'elle, comme s'il luttait pour la contenir.

— Maintenant !

Je projetai autant de volonté que possible dans ma supplique quand Poséidon leva les deux mains.

— Jette-la loin d'ici !

Le tourbillon brilla d'argent et de bleu, si éclatant que je dus me protéger les yeux. Céto siffla à nouveau, puis toute la masse s'éleva dans l'eau, en l'emportant alors qu'elle s'élevait au-dessus du cratère de la cascade de lave. La rotation s'accéléra, puis Céto fut éjectée du tourbillon, son corps visqueux filant à travers l'eau, rapidement perdu dans l'obscurité.

— Putain ! Tu as vu ça ?

Je me tournai vers Poséidon, incapable de cacher mon excitation. Ses yeux étaient encore animés d'une énergie rayonnante lorsqu'ils croisèrent les miens. Me prenant par surprise, il s'avança, déposant un bref mais féroce baiser sur mes lèvres.

Quand il s'éloigna, je le suivis, désirant plus, mais mon petit tourbillon se fraya un chemin entre nous, dansant dans l'eau sombre. Là, au milieu de l'air tourbillonnant et illuminé par sa faible lueur argentée, se trouvait un coquillage.

— Espèce de petit voleur ! m'écriai-je. Tu as réussi à voler une de ses coquilles ? Tu es tellement malin !

Le tourbillon s'éleva et nous entoura, soulevant à nouveau la toge de Poséidon au passage, et je ris alors que ce dernier se renfrognait.

— Il faut qu'on avance. Sans ton étoile de mer de soutien émotionnel, on ne sait pas combien de temps il nous reste.

Il me prit par la main quand je ressentis une pointe de malaise à l'idée de ne pas avoir Kryvo avec moi.

— Oui. D'autres coquillages.

Nous retournâmes dans le cratère de la cascade de lave, où il y avait une série de petites mares interconnectées, de la vase dégoulinant de l'une à l'autre sur la pente douce. Poséidon se dirigea tout droit vers l'endroit où nous avions trouvé Céto, et je vis un petit coffre en bois posé sur une petite île dans l'une des piscines. Mon petit tourbillon nous avait accompagnés, voletant autour de nous avec énergie comme s'il avait bu trop de café, sans jamais rester immobile une seconde. Pas que je m'en soucie. J'étais assez contente d'avoir le courant d'air avec moi.

— Tu peux aller chercher le coffre ? lui demandai-je.

Il fila vers le milieu du bassin de lave, et alors qu'il tournait autour de la boîte, le couvercle s'ouvrit. Poséidon nagea plus haut pour que nous puissions voir à l'intérieur, mais il n'y avait pas de coquille. Il y avait un petit morceau de papier.

Mon tourbillon se rétrécit, de manière à ne plus mesurer que six pouces de haut, et s'enfonça dans le coffret. Quand il remonta, il avait le papier dans son milieu, et il revint vers moi en bourdonnant.

Je dépliai le morceau de papier, et Poséidon se rapprocha pour voir. C'était un dessin grossier d'une forme incurvée, traversée par une ligne en pointillé, avec un X au bout.

— Je pense que ça conduit sous la chute de lave.

— Quoi ? Genre… passer sous la putain de lave ?

— Oui. C'est du niveau d'une épreuve mortelle.

Je regardai nerveusement le torrent de lave qui déferlait de la falaise dans le bassin en contrebas.

— La chute de lave qui rote des requins démons ?

— Oui. Celle-là même.

— Il faut qu'on fasse ce qu'on a fait tout à l'heure. Combiner l'eau avec ton air, déclara Poséidon.

Je hochai la tête.

— Pour faire une ouverture à travers la lave ?

— Exactement.

— Tu es partant pour ça ? demandai-je à mon tourbillon.

Celui-ci rebondit dans l'eau, puis se dilata d'un coup, jusqu'à faire ma taille.

Poséidon leva la main, des rubans d'eau coulant de sa paume. Presque majestueusement, ils s'entrelacèrent au tourbillon, des faisceaux de lumière brillante tournoyant devant nous. Je sentis le même éclair d'énergie m'envahir le corps, la sensation enivrante me remplissant de la tête aux pieds.

Le tourbillon se déplaça, basculant et s'étrécissant pour devenir un tube horizontal. Avec style, il chargea la chute de lave, s'arrêtant au milieu. La lave coulait maintenant de part et d'autre d'un tunnel parfait, ouvert dans la nappe de liquide en fusion. Je fis mine de fêter la victoire, en me tournant vers Poséidon, mais une douleur sourde pénétra dans ma tête, s'infiltrant à travers moi. Le sommet du tunnel s'affaissa, et Poséidon me serra la main.

— Concentre-toi. Il faut y aller maintenant. Ne perds pas ta concentration.

Je fis ce qu'il dit, déversant toutes mes pensées dans le tourbillon.

Garde le tunnel ouvert et stable. Tu peux le faire, pensai-je en m'approchant.

La chaleur me submergea, et un côté du tunnel disparut, laissant la lave se déverser exactement là où nous serions passés.

— Concentre-toi !

La chaleur ne te tuera pas, dit la voix de Lily dans mon esprit. *Concentre-toi sur l'air. Sens-le. Imagine-toi debout sur le pont du Vent-Travers, avec le vent qui fouette autour de toi, pour t'emmener partout où tu veux aller. Sens le vent.*

Je fis ce qu'elle disait, sans prendre le risque de fermer les yeux, mais essayant de tendre tous mes autres sens comme elle l'avait décrit.

— On va passer un par un. Toi d'abord.

Poséidon lâcha ma main, et avec une profonde inspiration et une sensation de nausée dans mon estomac, je nageai dans le tunnel d'air.

Je le franchis en moins d'une seconde, mais cela me sembla une éternité. Je ne m'arrêtai pas pour m'imprégner de mon nouvel environnement, et me contentai de me retourner pour voir Poséidon passer en toute sécurité. Dès qu'il fut à mes côtés, le tourbillon s'écrasa, et la douleur qui me traversait s'évanouit.

— Air ? Est-ce que ça va ?

Il y avait du mouvement dans le rideau de lave juste devant nous, et je retins mon souffle, terrifiée à l'idée qu'un sang-pourri surgisse.

Mais ce fut mon petit tourbillon qui émergea. Il tourna vivement, éjectant de minuscules gouttelettes de lave, un peu comme un chien qui s'ébroue.

— Tu t'es bien débrouillé, lui dis-je.

À ma grande surprise, il se dirigea vers Poséidon, poussant contre ses paumes.

— Je pense qu'il aime ton eau, dis-je.

— Ils forment une bonne équipe.

Ses yeux se fixèrent sur les miens, et je sus qu'il ne parlait pas seulement de magie.

Un craquement nous força à détourner le regard l'un de l'autre.

La falaise derrière nous était bien éclairée par la cascade de lave derrière laquelle nous étions passés, et la roche bougeait, se fendillait et craquait sous nos yeux. Pas comme s'il y avait un danger immédiat d'effondrement, plutôt comme si elle avait une vie propre.

Poséidon me prit par la main, et nous nous enfonçâmes en longeant le mur. Il ne fallut pas longtemps avant que nous ne débouchions dans une grotte très large et peu profonde.

. . .

Gardant les yeux grands ouverts à l'affût des sangs-pourris, j'observai la grotte. Elle était éclairée par une lueur orange provenant des fissures dans la roche noire, au fond. Nous nageâmes prudemment le long de la grotte, et j'aurais aimé que Kryvo soit là pour nous dire combien de temps il nous restait. Et pour me distraire de mon malaise grandissant.

— Là, dis-je en pointant du doigt.

Il y avait une statue en pierre, debout dans la grotte, un peu plus loin. Nous nageâmes dans cette direction, et je ne pus retenir ma curiosité lorsque je la vis de plus près.

Elle était visiblement ancienne, la pierre ébréchée et usée. Elle représentait une femme très belle, portant une toge et une couronne extravagante. Mais plutôt que d'être posée sur les cheveux, la couronne était enroulée autour d'un nid de serpents. Il devait y en avoir une douzaine qui formaient sa chevelure, et avec des détails exquis.

Poséidon s'arrêta brusquement quand nous fûmes à quelques mètres.

— Elle est belle, dit.

— Il faut trouver la coquille.

Son ton sec me rappela que nous avions un temps imparti, et je hochai la tête.

Je pris conscience d'un mouvement dans ma vision périphérique et je me retournai en espérant que c'était mon petit courant d'air.

Ce n'était pas lui. On distingua de mieux en mieux les tourbillons rougeoyants d'un sang-pourri alors qu'il traversait la grotte dans notre direction.

Poséidon me tira par la main, me faisant détourner le regard. Un autre sang-pourri.

— Vite.

Je nageai jusqu'à la statue, en observant d'abord attentivement les serpents, car ils attiraient l'attention.

Quand je tendis la main pour les toucher, cependant, Poséidon repoussa mes mains, pressant le bout de ses doigts contre la pierre avant que je ne puisse objecter. Je fronçai les sourcils d'abord à la tension sur son visage, puis au soulagement quand il ne se passa rien.

— C'était peut-être un piège. Allez, aide-moi à chercher.

Je hochai la tête.

— Air, tu peux retenir les sangs-pourris pendant quelques minutes ?

Quand je me tournai pour localiser le tourbillon, mon estomac se noua. Il y avait au moins cinq autres requins démons qui se rapprochaient.

Le tourbillon se dilata, tournoyant de manière protectrice autour de nous et de la statue.

— Merci, murmurai-je.

Puis je me tournai vers la sculpture. Poséidon passait ses mains sur les serpents, alors je plongeai dans l'eau, inspectant le reste de la statue.

Elle portait une ceinture, vis-je, et au milieu se trouvait un emblème tellement usé que je ne pouvais pas le distinguer. On aurait dit un orbe, et je passai les doigts dessus pour voir si cela me révélerait quelque chose qui n'était pas évident au premier abord.

Je tirai un peu trop fort, et l'orbe me resta dans la main.

— Merde, marmonnai-je en le retournant.

Il y avait un petit trou au dos.

— Poséidon !

Il se tourna vers moi, et je levai l'objet. Un ruban d'eau quitta le bout de son doigt et s'étrécit en une pointe minuscule, glissant dans le trou de la taille d'une tête d'épingle.

Une lumière rouge surgit sur le côté, et je jetai un coup

d'œil pour voir mon tourbillon se jeter sur un sang-pourri, le faisant reculer, avant de vrombir de l'autre côté pour s'occuper d'un autre.

Je sentis un *pop* et regardai l'orbe de pierre dans ma main. Une fissure était apparue. J'essayai de l'ouvrir complètement, mais ça ne bougea pas. Je pouvais juste distinguer quelque chose d'écrit en langue ancienne sur la partie intérieure de l'ouverture. Je tendis l'objet à Poséidon, essayant d'ignorer le barrage de claquements de dents qui se débattait contre mon tourbillon pour nous rejoindre.

— Ça dit quoi ?

J'aurais juré avoir vu une lueur de peur dans ses yeux, avant qu'il ne prononce un mot.

— Ekdíkisi.

L'orbe s'ouvrit complètement, révélant une minuscule coquille rouge en son centre. Je l'attrapai, et tout devint noir.

ALMI

*L*a cour du palais se matérialisa autour de moi, et je clignai des yeux avec une impression de triomphe stupéfait. Nous l'avions fait. Ma *magie* l'avait fait. Elle nous avait aidés à battre Céto, à survivre aux tests et aux pièges, et mieux encore – à obtenir des coquilles.

— Trois coquilles !

Je me retournai, m'agrippant au bras de Poséidon, et m'immobilisai devant la sauvagerie dans ses yeux.

La liberté.

Ce sentiment me transperça, si fort et si écrasant que tout le reste s'estompa, à l'exception de la promesse dans ses yeux.

Une vie passée à voler dans le ciel, à surgir entre les vagues, la mer, le vent, le temps et l'espace infinis...

— Almi.

Mon nom sur les lèvres de Poséidon interrompit ce flot de pensées si vivantes, et sans hésitation, je me hissai sur la pointe des pieds et écrasai mes lèvres contre les siennes.

Je ne pensai pas aux gens autour de nous, ni au fait que c'était peut-être diffusé. Et lui non plus.

Il me rendit ma passion avec une intensité inégalée, drapant son bras puissant autour de moi pour me serrer contre lui. Assez fort pour que je puisse sentir à quel point il me désirait.

Sa langue trouva la mienne, et le désir me parcourut tout le corps, brûlant et presque douloureux tant il était impatient.

— Sire !

La voix stridente de Galatée nous força à nous séparer, et je haletai légèrement en me tournant vers sa commandante, essayant de ne pas la haïr pour avoir interrompu notre célébration.

Quand je vis l'expression sur son visage, cependant… quelque chose n'allait pas.

— C'est à propos de l'homme que vous nous avez demandé de surveiller, souffla-t-elle.

Poséidon se tendit, ses yeux se tournant vers moi avec inquiétude.

— Il faut que tu viennes. Tout de suite.

Je n'eus même pas le temps d'ouvrir la bouche et de demander ce qui se passait avant que nous ne disparaissions dans un flash de lumière.

— La boulangerie ?

Une sensation de malaise m'envahit les intestins alors que je battais des cils devant l'établissement de Silos.

— Tu espionnais Silos ?

Ma voix n'était qu'un murmure rauque. Poséidon ne répondit pas, se contenta de se retourner pour suivre Galatée vers la porte. Je me précipitai à leur suite, la peur se répandant en moi quand je jetai un coup d'œil à l'étage supérieur. *Dans la chambre où se trouvait Lily.*

À la seconde où j'entrai dans la boulangerie, ma peur se solidifia pour devenir quelque chose de bien pire.

— Silos ! hurlai-je en courant, dépassant à la fois Poséidon et Galatée, jusqu'à l'endroit où se tenait mon ami. Non !

En pierre. Il était changé en pierre.

Je me rendis compte vaguement qu'il y avait d'autres statues dans la boulangerie, comme si tous ses clients s'étaient eux aussi changé en pierre pendant qu'il les servait.

L'esprit tournant à plein régime, je courus vers la porte du fond, vers l'escalier.

Je montai les marches deux à deux, faisant irruption dans la chambre de Lily avec fracas.

— Almi ! rugit la voix de Poséidon lorsque la porte s'ouvrit en claquant.

Son lit était vide.

Pendant une seconde, je ne pus respirer, et mon esprit se vida complètement.

J'avais été terrifiée à l'idée de la trouver sous forme de statue, mais totalement absente ?

— Elle est partie ! Poséidon, elle est partie !

Je refis irruption dans la boulangerie et me figeai.

Atlas se tenait à côté de la forme de pierre de Silos, appuyé contre lui comme s'il était une sorte de meuble.

— Où est-elle ?

Les mots jaillirent comme un cri, et Atlas éclata de rire.

Je regardai Poséidon, mes yeux pleins de larmes de colère et de terreur. Une fureur débridée remplissait les siens.

— Le cœur d'une Néréide, hein ? dit Atlas.

J'avais cru avoir peur pour ma sœur, mais maintenant, j'étais certaine d'être terrifiée.

— Si tu oses la toucher, putain...

Il s'avança en faisant un geste balayant de la main, et mes menaces se turent. Je bougeai la bouche, mais aucun son n'en sortit. La frustration me chauffa tout le corps, et les larmes de fureur me coulèrent de plus belle sur la figure.

— Le problème, Almi, Poséidon, et qui que tu sois, dit-il en agitant la main vers Galatée, c'est que vous ne semblez pas comprendre la gravité de la situation. Almi surtout, tu n'as pas toutes les informations.

Il tourna son sourire fou vers moi.

— J'ai fait un petit voyage pour rendre visite à l'Oracle.

— Atlas ! Les Épreuves ne sont pas terminées, tu ne peux pas intervenir ! Qu'as-tu fait de sa sœur ?

— Je n'interfère pas. Je m'assure simplement d'avoir la capacité de diriger ton royaume quand l'un de mes sbires gagnera. En prenant possession du cœur de l'océan. Je présume, Almi, qu'il t'a dit toute la prophétie ?

Je lui lançai un regard noir, et comme cela n'exprimait pas assez bien mes sentiments, je lui crachai dessus.

Ses yeux s'assombrirent, et des flammes jaillirent sur sa peau.

— Tu es une vilaine petite chose, siffla-t-il. Je peux comprendre pourquoi il t'a cachée pendant si longtemps.

— Pourquoi fais-tu ça maintenant ? Attends que les Épreuves soient terminées et je t'affronterai en duel, déclara Poséidon.

— Il sait que vous allez gagner tous les deux, dit Galatée d'une voix forte et claire.

J'aurais pu l'embrasser pour le regard furieux que cette déclaration fit apparaitre sur le visage d'Atlas.

Elle avait raison. Il faisait ça parce que nous venions de trouver beaucoup de coquillages.

Du pouvoir jaillit de lui – un flot incandescent qui s'abattit sur Galatée. Un mur d'eau éclata devant elle à la seconde même où il frappa, éteignant la plupart des flammes, mais pas toutes.

— Stop ! criai-je quand des visions de la boulangerie en flammes resurgirent en moi.

Mais aucun bruit ne se fit entendre.

Je courus vers le Titan. Il se retourna vers moi, ses flammes jaillissant dans ma direction. Mais, presque comme s'il se rendait compte d'une erreur, son visage changea, et le feu disparut.

Il se remit à rire.

— Non, non, non ! Je ne dois pas te tuer ! La mort serait bien trop douce pour la femme de ce monstre.

Il se tourna vers Poséidon, qui n'avait pas bougé. Il me vint soudain à l'esprit que quelque chose clochait, et je vis la tension dans son corps tandis qu'il luttait contre une force invisible. La pierre rampait sur sa peau.

Il était retenu par le pouvoir d'Atlas, tout comme moi, la dernière fois.

— Où est Lily ? gronda-t-il.

De nouvelles larmes coulèrent sur mes joues quand je l'entendis prononcer le nom de ma sœur.

— Tu veux savoir ? Déclare forfait dans les Épreuves.

— Je ne peux pas faire ça.

— Alors sa sœur reste avec moi. Je suis sûr que je peux épouser une nymphe marine inconsciente.

— Je ne peux pas simplement te céder mon royaume.

Mes émotions pulsaient en moi. Je savais que Poséidon ne pouvait pas abandonner son royaume. Mais comment pouvait-il laisser Lily entre les mains de ce monstre ?

Il devait y avoir un autre moyen.

Des mots désespérés jaillirent de mes lèvres, des supplications et des jurons, mais on n'entendait aucun bruit. La frustration et l'impuissance faisaient monter en moi une rage comme je n'en avais jamais ressentie.

— Alors je garde la fille, dit Atlas en haussant les épaules. Si ta femme ne m'est plus d'aucune utilité, alors peut-être est-il temps de te rendre la faveur que tu m'as rendue.

Du feu rugit autour de lui, et il se tourna vers moi.

— Atlas ! rugit Poséidon.

Je vis une peur véritable sur le visage du dieu de la mer. Du pouvoir explosa de lui. J'envoyai un appel désespéré à l'air pour qu'il vienne m'aider, pour qu'il me défende contre le fou furieux qui avait ma sœur.

Et l'air répondit.

Une putain de tornade éclata devant moi, fouettant les flammes divines et les renvoyant à Atlas. Celui-ci gronda quand un raz-de-marée déferla sur lui. Je hurlai de consternation lorsque la statue de Silos se renversa, ainsi que tous les autres citoyens de pierre de la boulangerie, puis le mur latéral du bâtiment. Tout le monde se figea pendant une fraction de seconde quand le bâtiment grinça, et je regardai désespérément Poséidon.

Galatée courut au milieu de la pièce, son bâton haut et brillant. Un bouclier d'eau en jaillit alors que le bâtiment commençait à s'effondrer autour de nous, toutes les statues en sécurité à l'intérieur.

— Tu es pathétique ! gloussa Atlas par-dessus le bruit de la destruction.

Il y eut un éclair rouge, puis il fut devant moi, sa main jaillissant pour me saisir le cou.

— Veux-tu voir ma femme, Almi ? Elle a hâte de te rencontrer, je le sais.

Son souffle me brûlait la peau ; c'était tellement chaud, et il était si proche.

Air ! Aide-moi !

La tornade s'abattit sur nous, le projetant sur le côté et délogeant son emprise sur ma gorge, puis Poséidon s'élança sur le dieu. Les deux hommes roulèrent au sol, l'eau et les flammes s'écrasant sur eux pendant qu'ils se battaient.

— Elle est en route ! hurla Atlas joyeusement en se relevant d'un bond.

Poséidon asséna son poing carré sur la mâchoire d'Atlas, bondissant après lui, et le Titan tituba, un liquide argenté coulant de son nez. Ses yeux noircirent complètement, et quand il parla, sa voix n'était plus la sienne, mais plutôt un bruit sorti d'un film d'horreur effrayant, si fort qu'on aurait dit que cela venait de la terre.

— Elle est ici. Et elle a ta sœur.

Il se tourna vers moi, ses yeux démoniaques me retournant la tête et me nouant le ventre.

Lily était ici ?

— Tu veux que ta sœur revienne ?

Mon espoir s'envola.

— Oui !

Ce mot retentit fort, car ma voix était revenue.

— Lily !

— Il te faudra convaincre ma femme de te la donner.

Je me retournai à sa recherche. Des serpents dorés glissèrent vers nous, à travers le bouclier d'eau de Galatée. Une main traversa le bouclier, verte, avec de longs doigts.

J'entendis Poséidon parler.

— Almi, tu dois partir.

— Quoi ? Non, pas sans Lily !

— C'est trop dangereux.

Je me retournai pour lui faire face.

— Non ! Non, n'essaye même pas de me l'arracher encore !

— Je vais la récupérer.

Ses yeux étaient durs, emplis d'une émotion torturée.

— Je te le promets.

J'ouvris la bouche, mais le monde devint blanc avant que je puisse dire un autre mot.

MERCI POUR VOTRE LECTURE!

Merci beaucoup d'avoir lu ! Si vous avez aimé le premier livre de l'histoire d'Almi et de Poséidon, je serais très reconnaissante si vous me laissiez une critique.

Vous trouverez le prochain livre, *Du Roi brave,* sur Amazon.

Vous pouvez également découvrir en exclusivité des aperçus d'œuvres et des idées de futures histoires, ainsi que des nouvelles et des livres audio gratuits, en vous inscrivant à ma newsletter sur elizaraine.com.